우울증

우울증

발 행 | 2020년 7월 27일
저 자 | 정민용
옮긴이 | 안상욱
펴낸이 | 한건희
캘리그래피 | 신주용
디자인 | 정보미
펴낸곳 | 주식회사 부크크
출판사등록 | 2014.07.15. (제2014-16호)
주 소 | 서울특별시 금천구 가산디지털1로 119 SK트윈타워 A동 305호
전 화 | 1670-8316
이메일 | info@bookk.co.kr

ISBN | 979-11-372-1318-0

www.bookk.co.kr

정민용 목사

Rev. Min J. Chung

안상욱 옮김

BOOKK

Sermon 1

우울증

Sermon 2

세미한 음성으로 찾아오시는 하나님: 영적 우울증

Sermon 1

우울증

우울증

시 42, 빌 4:11-13

[1] [고라 자손의 마스길(교훈), 인도자를 따라 부르는 노래] 하나님이여 사슴이 시냇물을 찾기에 갈급함 같이 내 영혼이 주를 찾기에 갈급하니이다 [2] 내 영혼이 하나님 곧 살아 계시는 하나님을 갈망하나니 내가 어느 때에 나아가서 하나님의 얼굴을 뵈올까 [3] 사람들이 종일 내게 하는 말이 네 하나님이 어디 있느뇨 하오니 내 눈물이 주야로 내 음식이 되었도다 [4] 내가 전에 성일을 지키는 무리와 동행하여 기쁨과 감사의 소리를 내며 그들을 하나님의 집으로 인도하였더니 이제 이 일을 기억하고 내 마음이 상하는도다 [5] 내 영혼아 네가 어찌하여 낙심하며 어찌하여 내 속에서 불안해 하는가 너는 하나님께 소망을 두라 그가 나타나 도우심으로 말미암아 내가 여전히 찬송하리로다 [6] 내 하나님이여 내 영혼이 내 속에서 낙심이 되므로 내가 요단 땅과 헤르몬과 미살 산에서 주를 기억하나이다 [7] 주의 폭포 소리에 깊은 바다가 서로 부르며 주의 모든 파도와 물결이 나를 휩쓸었나이다 [8] 낮에는 여호와께서 그의 인자하심을 베푸시고 밤에는 그의 찬송이 내게 있어 생명의 하나님께 기

도하리로다 [9] 내 반석이신 하나님께 말하기를 어찌하여 나를 잊으셨나이까 내가 어찌하여 원수의 압제로 말미암아 슬프게 다니나이까 하리로다 [10] 내 뼈를 찌르는 칼 같이 내 대적이 나를 비방하여 늘 내게 말하기를 네 하나님이 어디 있느냐 하도다 [11] 내 영혼아 네가 어찌하여 낙심하며 어찌하여 내 속에서 불안해 하는가 너는 하나님께 소망을 두라 나는 그가 나타나 도우심으로 말미암아 내 하나님을 여전히 찬송하리로다 시 42

[11] 내가 궁핍하므로 말하는 것이 아니니라 어떠한 형편에든지 나는 자족하기를 배웠노니 [12] 나는 비천에 처할 줄도 알고 풍부에 처할 줄도 알아 모든 일 곧 배부름과 배고픔과 풍부와 궁핍에도 처할 줄 아는 일체의 비결을 배웠노라 [13] 내게 능력 주시는 자 안에서 내가 모든 것을 할 수 있느니라 빌 4:11-13

들어가며

먼저 기도드리겠습니다.

풍성한 은혜의 주님을 찬양합니다. 우리의 불충실함에도 불구하고 항상 복 주시고, 언제든지 힘주시고, 능력 주심을 감사드립니다.

이 시간 주님의 말씀을 구합니다. 주님께 귀 기울입니다. 다른 사람이 아니고, 그 어떤 누구도 아닌, **주님**의 말씀이 필요합니다. 우리에게 말씀해 주시옵소서. 인생길에 만나는 수많은 고난과 역경 가운데,

우리 모든 사람 한 사람 한 사람 각자 인내할 수 있도록 힘을 주시옵소서. 어려움을 대비하기 위해 힘주시고, 최대한 안심토록 힘주시옵소서. 모든 영광을 주님께 돌립니다. 예수님의 이름으로 기도드립니다. 아멘.

하나님을 찬양합니다! 저는 지난 며칠 동안 많이 아팠습니다. 사실 지금 서 있기도 어렵습니다. 다른 때보다 특별히 고통이 심해서 설교를 준비하는 것이 매우 어려웠습니다. 그래도 저는 지금 여기 있습니다. 우리는 계속 가야만 하기 때문입니다. 오늘의 제목은 "**우울증**"입니다. 참고로, 다음 주 금요일의 제목은 "동성애"입니다. 현대 우리의 관심 있는 사회 문제들에 관해 생각하려고 합니다. 오늘의 주제는 우울증입니다.

성경에 **우울증**이란 단어는 없습니다. 그러나 사람이 만든 용어 우울증에 관해 성경이 언급합니다. 우울증의 상태는 사람과 관련이 있는 것이고, 성경은 사람에 대해 말하기 때문입니다. 성경에서 세상의 전문적인 용어를 찾기보다, 세상에서 당면하는 다양한 문제들을 성경적 언어로 바꾸어야 합니다. 그것이 열쇠입니다. 세상의 돌아가는 일들을 이해하기 위해, 그저 세상이 말하는 대로 듣고만 있지 말아야 합니다. 오늘날의 문제들에 관해 비록 성경에 현대의 용어들이 나오지 않더라도 그 문제에 해당하는 성경 말씀을 찾아서 분석하고 연구하여 과

연 하나님이 말씀하시는 것이 무엇인지 찾아야 합니다.

우울증은 의학적 상태를 말합니다. 그런데 우울증의 상태를 성경에서도 볼 수 있습니다. 성경에서 우리는 사람의 다양한 상태에 관해 많이 볼 수 있습니다. 방금 읽은 시편 42편에서도 봅니다. 처지고, 풀이 죽고, 우울한 상태인 이 사람의 모습을 누구나 읽을 수 있습니다. 크게 상심했습니다. 이때 우리는 이 성경 말씀 속에서 배워야 합니다.

네 개의 단락으로 나누어 살펴보겠습니다.

첫째, 우울증의 정의,

둘째, 우울증의 근본 원인,

셋째, 우울증에 관한 질문,

넷째, 우울증과 싸우기 위한 실제적 제안입니다.

Ⅰ. 우울증의 정의

1. 세상 - 정신의학

우울증이라는 단어는 특별히 정신의학적 용어입니다. 이에 따라 세상에서 말하는 우울증의 정의는 슬픈 상태입니다. 사람이 극히 슬프고, 절망적이고, 무능하게 느끼는 매우 심각한 의학적 상태를 말하는데, 종종 정상적으로는 살 수 없는 상태입니다.

우울증이 있는지 없는지를 알아보는 주된 방법은, 일상생활의 기능을 분석하는 것입니다. 우울증은 의욕 저하와 무능력의 느낌을 동반하고, 특징적으로 심각한 낙심과 실망감을 일정 시간 이상 느끼는 것입니다. 이것이 우울증을 묘사하는 한 방법입니다. 현재 우울증에 관한 설명의 보편적 권위는 미국 정신의학협회에 있습니다. 여기에서 펴낸 정신 질환의 매뉴얼을 '정신 질환 진단 및 통계 편람 (Diagnostic and Statistical Manual of Mental Disorders)'이라고 하는데 약자로 D.S.M.DSM입니다. 2013년에 DSM의 다섯 번째 버전이 나왔습니다. 현재 DSM-5는 정신의학의 바이블이라고 불립니다. DSM-5가 모든 것을 정의합니다. DSM-5에 따르면 우울증의 정도에 따른 차이가 있습니다. 비교적 가벼운 우울증인 사람이 있고, 심각한 사람이 있습니다. 가벼운 우울증은 상황적 우울증Situational Depression이라고 하고, 심각한 우울증은 임상 우울증Clinical Depression이라고 합니다. 덜 심각하고 가벼운 우울증은 주요우울장애Major Depressive Disorders(일반적으로 말하는 우울증)보다 정도가 경미한 증상이 2년 이상 나타날 때를 말합니다. 이를 기분부전장애라고 부릅니다. **어쩔 수 없이 어려운 용어들을 말씀드리고 있는데요. 그냥 '이런 용어들이 있구나!'라고 생각하고 넘어가시면 되겠습니다.**

지난 10여 년간 가장 유명해진 우울증은 양극성 장애Bipolar Disorders입니다. 극단적으로 기분이 바뀌는 것입니다. 우울한 기분 상태와 고양된 기분 상태가 교차하여 나타나는 것을 말합니다. 한순간 행복을 느끼다가, 다른 순간 정말 우울해질 수 있습니다. 이를 양극성 장애라고 부릅니다.

DSM-5가 말하는 주요우울장애(일반적으로 말하는 우울증)는 주요우울삽화Major Depressive Episode를 가집니다. 여러분 중에 이를 겪은 사람도 있습니다. 그러나 자신이 겪은 것이 명확히 무엇인지 잘 모를 수 있습니다. 그래서 도움이 되는 자료를 소개하겠습니다.

우울증 진단을 위해, DSM-5에서 말하는 9가지 특징주요우울삽화이 있습니다.

우울증이라면, 같은 2주 동안 다음의 증상들 중에 다섯 가지 이상 나타나고, 정신적 기능에 이전과 다른 차이가 나타납니다. 그 증상들 중 적어도 하나는 반드시 ① **우울한 기분**이나, ② **흥미나 즐거움의 감소**가 나타납니다.

주: 다른 질병 상태, 혹은 과대망상이나 환각으로 인해 나타나는 증상은 제외합니다.

① 거의 매일 그리고 하루 중 대부분, 자가 판단(예를 들어, 본인 스스로 슬프거나 공허감을 느낌)이나 타인이 관찰하기에(예를 들어, 곧잘 움) **우울한 기분**이 드는 경우

② 거의 매일 그리고 하루 중 대부분, 모든 활동 또는 거의 모든 활동에 있어서 **흥미나 즐거움이 눈에 띄게 감소**한 경우 (본인 스스로 또는 남들의 관찰로 나타남)

③ 다이어트를 하지 않는데도 눈에 띄게 체중이 줄거나, 혹은 체중이 느는 경우(예를 들어, 한 달 내에 5% 이상의 체중 변화가 있는 경우), 또는 거의 매일 식욕이 감

소하거나, 증가하는 경우

④ 거의 매일 불면증이나 과다 수면이 있는 경우

⑤ 거의 매일 정신 운동 과잉 또는 정신 운동 지연이 나타나는 경우. 어떤 사람들은 항상 그렇다고 느낌. (단순히 본인 스스로, 흥분하거나 흥분이 가라앉는 것을 느끼는 것이 아니라, 남들이 보기에도 구분이 가능한 상태)

⑥ 거의 매일 피로하거나 활력이 없는 경우

⑦ 거의 매일 본인이 하찮게 느껴지는 경우, 또는 과도하거나 부적절한 죄책감(망상일 수 있는)을 느끼는 경우 (단순한 자책이나, 질병에서 오는 죄책감이 아님)

⑧ 거의 매일 사고력이 집중력이 감소하거나, 우유부단한 경우 (자가 판단이나 타인이 관찰하기에)

⑨ 죽음에 대한 생각(단지 죽음에 대한 두려움이 아니라)을 반복하거나, 구체적 계획도 없이 자살을 반복적으로 상상하거나, 또는 자살 시도 혹은 자살 시도에 대한 구체적 계획을 짜는 경우

이 증상들은, 약물 남용이나 치료 약과 같은 물질의 직접적인 생리 효과에 원인이 있거나, 갑상샘 저하증 같은 질병의 일반적인 의학적 상태에 해당하는 것은 포함하지 않습니다.

이상, 우울증인지 아닌지 DSM이 말해주는 방법입니다. 우울증이 어떤 것인지 잠시 느껴보시는 기회가 됐을 줄 믿습니다.

2. 성경 말씀 - 신학

이제 성경 말씀을 약간 살펴보겠습니다. 정신의학이 아니라 신학입니다.

세상의 심리학은 매우 오래된 학문입니다. 인류 역사상, 사람들에게 항상 심리적(정신적)인 문제가 있었기 때문에 이에 관한 학문이 발전했습니다. 저도 심리학을 전공했습니다. 그런데 지난 수십 년간 심리학은 예수 그리스도의 교회에 들어와서 성경이 사람에 대해 말하는 것을 대체하고 있습니다. 여러분도 알고 저도 믿는바, 인간은 물질로 된 부분과 비물질적인 부분[영적인 부분]을 가지고 있습니다. **육체**와 **영혼**입니다. 그런데 문제는, 심리학의 영향을 받은 크리스천들이 사람을 세 부분으로 구분하여 서로 다른 전문가들에게 권위를 주었습니다. 육신은 의사의 돌봄을 받고 영적인 부분은 목사에게 맡기고, 마음의 문제를 심리학자에게 맡겼습니다.

성경을 보면 그 안에 매우 많은 양의 심리학이 있음을 알 수 있습니다. 사람은 비물질적인 부분과 관계되어 있기 때문입니다. 그런데 세상의 심리학은 문제를 풀 때 하나님 없이 해결하려고 합니다. 사람이 하나님의 형상을 따라 창조된 사실을 믿지 않으며, 사람을 하나님과 연결되는 영적인 부분을 가진 존재로 보지 않기 때문입니다. 따라서 우리는 심리학이 하는 말을 항상, 성경 말씀으로 평가해야만 합니다. 성경 안에는 많은 양의 인간 심리학이 있습니다. 그러므로 우리는 모든 문제를 성경적 언어로 바꾸어야만 합니다.

사람은 천성을 가집니다. 그런데 아담의 범죄 후 모든 사람은 죄아의 천성, 그에 따른 욕구들, 즐거움, 고통을 가집니다. 그래서 사람들의 모든 문제는 성경에 따르면 죄 때문입니다. 죄로 인해 사람은 하나님이 되고 싶은 욕구, 자기 자신을 위해 살고 싶은 욕구, 자신의 영광을 위해 살고자 하는 욕구를 가지고 있습니다. 이 욕구는 매우 강력합니다. 이 욕구를 채우면 즐겁지만, 이 욕구들을 채우지 못할 때 사람은 불만족을 느끼고, 희망을 잃습니다. 우울증과 고통을 느낍니다.

이 말씀을 보겠습니다.

> [1] 하나님이여 사슴이 시냇물을 찾기에 갈급함 같이 내 영혼이 주를 찾기에 갈급하니이다 [2] 내 영혼이 하나님 곧 살아 계시는 하나님을 갈망하나니 내가 어느 때에 나아가서 하나님의 얼굴을 뵈올까 [3] 사람들이 종일 내게 하는 말이 네 하나님이 어디 있느뇨 하오니 내 눈물이 주야로 내 음식이 되었도다 [4] 내가 전에 성일을 지키는 무리와 동행하여

기쁨과 감사의 소리를 내며 그들을 하나님의 집으로 인도하였더니 이제 이 일을 기억하고 내 마음이 상하는도다 [5] 내 영혼아 네가 어찌하여 낙심하며 어찌하여 내 속에서 불안해 하는가 너는 하나님께 소망을 두라 그가 나타나 도우심으로 말미암아 내가 여전히 찬송하리로다 [6] 내 하나님이여 내 영혼이 내 속에서 낙심이 되므로 내가 요단 땅과 헤르몬과 미살 산에서 주를 기억하나이다 시 42:1-6

우리가 시편 42편 전반부에서 읽는 것은 아마도 불만족과 절망의 증상입니다. 불만족이 긴 시간 동안 지속되었고, 절망, 곧 성경적 언어로 영적인 우울증이 지속된 모습을 볼 수 있습니다.

[11] 내가 궁핍하므로 말하는 것이 아니니라 어떠한 형편에든지 나는 자족하기를 배웠노니 [12] 나는 비천에 처할 줄도 알고 풍부에 처할 줄도 알아 모든 일 곧 배부름과 배고픔과 풍부와 궁핍에도 처할 줄 아는 일체의 비결을 배웠노라 [13] 내게 능력 주시는 자 안에서 내가 모든 것을 할 수 있느니라 빌 4:11-13

바울은 감옥에서 말하고 있습니다. 죄수입니다. 매우 많이 맞았습니다. 온갖 종류의 고난을 겪었습니다. 늘 그런 환경 속에 있었습니다. 아십니까? 현재도 많은 사람이 여기에 있는 우리보다 훨씬 더 어려움에 처해 있을 수 있습니다.

극도의 어려움을 경험한 바울이 말합니다. 내게 능력 주시는 자예수 그리스도 안에서 내가 모든 것을 할 수 있느니라 빌 4:13 우리는 그리스도 안에서 모든 것을 이겨낼 수 있습니다. 기뻐할 수 있습니다. 그의 은혜와 힘과 능력으로 극복할 수 있습니다. 그것이 성경이 말씀하시는 것입니다.

우울증에 관한 성경 말씀을 일단 간략하게 살펴보았습니다.

Ⅱ. 우울증의 근본 원인

DSM은 사람을 어떻게 보는지? 하나님의 말씀, 곧 성경이 사람을 어떻게 보는지? 우리는 다시 살펴보고 연구해야 합니다.

1. 사람은 어떤 존재입니까?

생물학적 존재 vs. 영적 존재

정신의학은, 전적으로 DSM의 정의를 따르는 진단 및 치료와 정신 질환 예방에 관한 연구를 하는 의학의 전문 분야입니다. 따라서 정신의학이 말하는 '생물학적 존재'는 의학의 전문적 관점입니다. 결국 그 뜻은 모든 것의 전제로서, 인간은 생물학적 존재라는 것입니다.

심리학의 분야에 정신의학이 보급된 이후, 이제 모든 것은 정신의학으로 통합니다. 그러므로 사람들이 심리적인 문제를 가질 때, 정신의학에 따르면 그것은 일단 생물학적 문제입니다. 그러나 인간은 적어도 생물학적 존재 이상의 훨씬 더한 존재입니다. 그런데 하나님이 없는 정신의학자들의 분석으로는 사람이 생물학적, 화학적 존재일 뿐만 아니라 '영적 존재'라는 것을 이해하지 못합니다. 시작부터 전제가 잘못된 것입니다. 그러면 많은 것이 틀리게 됩니다. 예를 들어보겠습니다. 여러분이 믿거나 말거나, 저는 고등학교 때 수학팀이었습니다. 또한 운동을 좋아해서 축구팀이기도 했습니다. 수학팀에는 수학 천재들이 있지만 저는 다른 친구들에 비해 똑똑하지 않았습니다. 그런데 한 번, 저는 수학팀에서 수학 경시대회에 나갔습니다. 네 명이 역할을 나눠 맡습니다. 각 학교 팀에게 문제가 주어집니다. 문제가 첫 번째 사람에게 출

제되면 그 답을 가지고 두 번째 사람이 두 번째 문제를 풀고, 그 풀어낸 답을 가지고 세 번째로 이어집니다. 그렇게 하여 네 번째 문제의 정답을 맞히면 됩니다. 문제가 이어져 있기 때문에 중간에 한 사람이라도 틀리면 네 번째 문제의 답을 맞힐 수가 없게 됩니다. 전제가 틀리면 이와 같은 것입니다. 그런데 우리 팀의 경우 첫 사람이 맞히고 둘째, 셋째 사람이 틀렸습니다. 그래서 답을 맞힐 수가 없는 상황인데 기적적으로 네 번째 사람이 정답을 맞혔습니다. 세상적 표현으로 말하면, 우연히 기적이 일어났습니다. 우리 팀이 정답을 맞힌 것입니다.

세상의 심리학, 정신의학은 전제가 틀렸기 때문에, 곧 하나님이 없으므로, 심리학과 정신의학만을 아는 이들에게 인간은 영적 인격체가 아닙니다. 영적 존재가 아닌 것입니다. 따라서 매우 많은 것이 줄줄이 틀리게 되어 있습니다. 어쩌다가 맞는 것이 나올 수는 있지만, 그래서 그것이 사람들에게 도움을 줄 수도 있지만, 대부분의 경우 본질에서는 도움이 되지 않습니다. 우리는 이것을 이해해야 합니다. 그리고 우리는 정신의학이 사람을 바라보는 시작점의 전제를 점검해야만 합니다. DSM은 사람을 볼 때 생물학적, 화학적 존재로 보지만, 성경은 생물학적, 화학적뿐만 아니라 영적 존재로 말합니다. 모든 것이 복잡하게 연결되어 있습니다. 성경적 관점에서 바른 해결책을 찾을 때, 정신의학이 도구는 될 수가 있지만, 정신의학의 전제를 따를 수는 없는 것입니다.

2. 사람에 대한 매뉴얼은 무엇입니까?

DSM-5 vs. 성경

다시 말하지만, "우울증에 대해 성경이 말하는 것은 무엇입니까?" 우리는 그 답을 구해야 합니다. 따라서 모든 것을 성경적 언어로 바꾸어야 합니다. 세상의 다른 모든 문제도 성경적 언어로 바꾸어야 합니다. 심리학적 이슈들을 어느 것 하나 빠짐없이, 그것이 영적인 문제인지, 생물학적 문제인지 조사하고, 주의 깊게 보고 들어야 합니다. 우울증이 진정 무엇인지 바르게 이해하고 제대로 이야기해야만 합니다. 물론 정신의학과 심리학의 연구에 어떤 진실이 있습니다. 그러나 **정신의학과 심리학은 사람 내면의 문제들을 하나님 없이 해결하려고 노력하기 때문에 DSM은 계속 업데이트하고 있는 것입니다.** 지금은 DSM-5입니다. **그러나 성경은 업데이트하지 않습니다.** 오직 하나의 변하지 않는 성경 말씀입니다. DSM이 환자들에게 주는 제안이나 해법에 따른 약들이 있습니다. 그러나 투약의 효과는 일시적입니다. 일부의 사람들에게 일시적으로 도움을 줄 수는 있지만 사람의 문제를 근본적으로 해결하지 못합니다. 그러나 하나님의 말씀은 명백합니다. 주된 문제는 낮은 자존감이나 불행한 환경, 또는 화학적 불균형이 아닙니다. DSM은 인간의 문제를 설명하지 못합니다. 하나님의 말씀이 우리에게 설명합니다.

주된 문제는 우리의 주 하나님을 대적한 죄악된 반역입니다. 하나님을 반역한 인간의 죄입니다.

3. 인간의 문제는 무엇입니까?

생물학적(화학적) or 영적

일단 쉽게 답으로 이동할 수 있습니다. 근본적으로 당연히 영적인 문제입니다. 그런데 생각보다 많이 복잡한 사항을 고려해야 합니다. 왜인가요? 우리는 역시 육체도 가지고 있기 때문입니다. 우리는 육체를 가졌고, 또한 영적인 요소들을 가지고 있습니다. 여기에는 매우 밀접한 연결이 있습니다.

세상의 일반적 이론은 이렇습니다. 가벼운 우울증은 인간 관계의 문제, 어려운 환경, 부정적인 생각 등이 원인이고, 심각한 우울증은 화학적 불균형을 원인으로 지목합니다. 그런데 그 화학적 불균형을 확신있게 진단할 수 있는 사람은 아무도 없습니다. 정확하게 알아낼 길이 없기 때문입니다. 진단을 위해 여러 가지 검사를 한다 할지라도 어떤 불균형이 원인이라고 확실히 말해줄 수 있는 정확한 검사법이 없습니다. 화학적 불균형과 영적 문제의 상관관계를 증명할 수가 없다는 말입니다.

누군가 육체적으로 암에 걸렸다고 할 때, 그 질병은 환자의 기분에 영향을 미치며, 생각에 영향을 미칩니다. 육체적 문제가 원인이 되어 영적인 기분에 영향을 끼칩니다. 생각해볼 때, 외부 자극이 우리의 몸에 화학적 반응을 일으킬 수 있습니다. 그렇죠? 예를 들어, 당신이 수업을 위해 교실로 가고 있을 때 행복감을 느끼고 있습니다. 그런데 갑자기 교수님이 말합니다. "오늘 너 시험이 있다." 생각지도 못한 일입니다. 그때 당신의 몸 안에서는 화학적 반응이 일어납니다. 그러나 화학적 반응이 일어난 진짜 이유는, 당신의 마음속에 실패하기 싫은 욕구가 있기 때문입니다. '시험에 낙제하면 어떻게 하나? 결혼도 해야 하고 취직도 해야 하는데 …' 이 모든 것에 관한 걱정이 생깁니다. 이것은 영적인 문제입니다. 우리 속의 천성과 욕구의 문제입니다.

물론 당신의 몸 안에서 화학적 반응이 있습니다. 그렇다고 그것이 우울증의 원인이라는 뜻은 아닙니다. 그러나 확실히 몸과 영혼 사이에 엮이어 있는 관계가 있습니다. 그러므로 인간으로서 반드시 이것을 이해해야만 합니다. 모든 과정 안에 나타나는 영적인 문제와 생각의 결과, 육체적 반응의 결과가 있습니다. 이러한 것들이 어떻게 연결되는지 우리는 생각해봐야 합니다. 우울증은 항상 화학적 반응과 관계되어 있습니다. 그러나 성경의 가르침에 따르면 그것이 우울증의 근본 원인은 아닙니다. 화학적 반응은 우리의 삶 속에서 우리가 하는 모든 것에 참여합니다. 슬플 때, 화학적 반응은 일어납니다. 그런데 행복을 느낄 때도 역시, 몸 안에 화학적 반응이 있는 것입니다. 다른 모든 것도 우리

몸의 화학적 반응과 관련이 있습니다. 그러므로 여기서 문제점은, 우울증에 대한 의학적 설명을 들을 때, 그것을 '해답'으로 냉큼 받아들이는 데 있습니다. 생각할 여지 없이 신속하게 해결책을 선택합니다. 일단 결정을 하면 다른 모든 관점은 피상적이고 타당하지 않아 보이게 되기 때문에 문제입니다.

우울증을 겪는 주변 사람이 자신의 문제가 근본적으로 의학적인 것이라고 전제하고 있다면, 그에게 하나님께 대한 기본적인 믿음을 위해 하나님과의 교제를 갈망하도록 경건 생활을 권면하는 것이 우선입니다. 마음이 강해지도록 육체적 운동을 처방하는 것보다 더 유익합니다.

> 육체의 연단은 약간의 유익이 있으나 경건은 범사에 유익하니 금생과 내생에 약속이 있느니라 딤전 4:8

우울증의 모든 것이 의학적 문제라고 세상이 말하는 것은 타당하지 않습니다. 물론 우리의 문제를 영적인 것으로 연결할 때에도 역시 신중해야 할 필요가 있습니다. 우울증 속에 어떤 죄가 있다고 해서, 그 특정한 죄가 바로 직접적 원인이라고 할 수 없기 때문입니다. 또한 미신적이고 불건전한 신비주의 해석도 반드시 경계해야 합니다. 그러나 우울증은 언제나 지극히 영적인 것이 사실입니다. 사람은 영적인 존재이기 때문입니다. 영적인 천성을 가지고 있고 마음과 욕구를 가진 우리의 모든 것은 영적일 수밖에 없습니다. 그러므로 저는 우울증의 정도에 관한 의학적 검사와 환자들로부터 청취하는 모든 것들을 성경적 언어로 전환해야 한다고 믿습니다.

우울증의 근본적 원인과 관련한 요소들은 복잡하게 얽혀 있습니다. 영혼은 육신에 영향을 미치고, 육신도 영혼에 영향을 미치기 때문입니다. 영적인 것들과 육적인 것들이 조합되어 있습니다. 생물학적 존재이지만 근본적으로 영적 존재이기 때문에, 아스피린 같은 약이 우울증의 짐 일부를 덜어줄 수 있으나 많은 증상 중 하나를 일시적으로 사라지게 하는 것뿐이지 근본적 문제를 해결하지 못합니다. 결국 우울증의 근본 원인은 영적 존재인 우리가 가진 **마음의 문제**입니다. 우울증의 문제를 치료하려면 마음을 치료해야만 합니다.

Ⅲ. 우울증에 관한 질문

1. 우울증의 원인을 알아야 합니까?

우리의 대답은 'Yes'입니다. 원인을 알면 인간의 문제들에 대한 해답을 얻기 위해 정신의학이든 신학이든 어떻게 공부해야 할지를 결정할 수 있기 때문입니다. 원인을 알아야, 우울증 치료를 위해 'DSM-5로 가는 것이 필요한가?' '성경으로만 갈 것인가?'를 결정하기 때문입니다. '이것이 정말 육체적 문제인가?' 또는 '영적인 문제인가?'에 대한 정확한 진단은 정확한 예후병의 경과 및 결말을 미리 아는 것에 영향을 미칩니다. 그래서 우울증의 원인을 아는 것은 약물 치료를 해야만 하는지, 아니면 하나님의 말씀만 가지고 치유가 가능한지 이에 따른 여러 선택을 하는 데 필요합니다.

DSM-5의 문제는 인간의 영적인 부분을 믿지 않는 것입니다. 그래서 DSM-5는 생물학적인 문제인지, 영적인 문제인지를 올바르게 구분해내지 못합니다. 아예 구분하지 않습니다. 따라서 우리는 반드시 영적인 관점을 포함하여 우울증을 사례별로 제대로 구별해야만 합니다. 우리가 우울증을 말할 때는 시간이 많이 걸려도 사례별로 각각 점검해야만 합니다. 정말 생물학적 문제인지, 정말 영적 문제인지 알아야 합니다. 제가 상담에서 관찰한 우울증의 대부분은 영적인 문제였습니다. 생물학적 문제가 필수적이지 않았습니다. 물론 생물학적인 부분이 영적인 부분에 영향을 미칩니다만 근본적인 원인은 영적인 문제였습니다. 우리는 진짜 이유를 알아야 합니다. 정말 생물학적인 측면인가? 영적인 측면인가? 그런데 원인에 생물학적인 측면이 있어도 그 안에 많은 영적인 요소들이 있습니다. 따라서 명확한 상담이 필요하고, 상담에는 성경적 원리와 원칙들이 필요합니다.

2. 우울증에 영향을 주는 요소를 모두 알 필요가 있습니까?

반드시 필요한 것은 아닙니다. 예를 들어 환경, 가족 문제 등입니다. 치료를 위해 반드시 알아야 할 필요는 없습니다. 그러나 도움은 됩니다. 우울증에 직접 관련된 요인들을 알 수 있도록 도움을 줍니다. 우울증의 본질적인 이유는 마음입니다. 우리의 마음이 그 요인들의 배경과 맥락 안에서 어떻게 작동하는가를 보여주기 때문에 도움이 됩니다.

이에 관해 설명이 필요합니다. 바울은 고린도후서에서 고백합니다.

> [7] 여러 계시를 받은 것이 지극히 크므로 너무 자만하지 않게 하시려고 내 육체에 가시 곧 사탄의 사자를 주셨으니 이는 나를 쳐서 너무 자만하지 않게 하려 하심이라 [8] 이것이 내게서 떠나가게 하기 위하여 내가 세 번 주께 간구하였더니 [9] 나에게 이르시기를 내 은혜가 네게 족하도다 이는 내 능력이 약한 데서 온전하여짐이라 하신지라 그러므로 도리어 크게 기뻐함으로 나의 여러 약한 것들에 대하여 자랑하리니 이는 그리스도의 능력이 내게 머물게 하려 함이라 고후 12:7-9

고린도후서 12장 7절에, 우리를 우울하게 할 수 있는 네 가지 원인이 나옵니다.

바울은 육체적 고통을 겪고 있었습니다. 그래서 그는 치료를 위해 세 번 기도했습니다. 그러나 하나님은 고쳐주시지 않았습니다. "내 은혜가 네게 족하도다"고후 12:9 어찌된 일입니까? "여러 계시를 받은 것이 지극히 크므로 … 내 육체에 가시를 주셨다" 육체에 가시를 **하나님**이 주셨다는 것을 알았습니다. '사탄의 사자'를 주셨다고 했습니다. 그는 하나님께서 **사탄**을 사용하신다는 것을 알았습니다. **육체적 고통, 육체의 질병**이 관련되었습니다. 그리고 많은 **정신적, 영적인 일**들이 그의 안에서 벌어집니다. 자만하지 않게 하기 위함입니다. 너무 교만하지 않게 하시기 위해 하나님께서 그에게 일생 수많은 고난을 주셨습니다. 겸손하게 하시는 하나님의 다스림입니다. 따라서 거기에는 정신적, 영적인 일들이 벌어집니다. 하나님이 관련되십니다. 하나님이 원인이고 사탄도 원인이고 육체적 질병도 원인이며 정신적/영적인 일들이 그의 안에서 일어납니다. 이러한 모든 요소들이 있습니다. 그런데 우리가 이 모든 것들을 알아야만 할까요? 반드시 필요한 것은 아닙니다. 우리가 안다면 불현듯 도움이 될 수는 있습니다. 그러나 여러분이 할 일은 하나님의 은혜로 극복하는 것입니다. 하나님의 은혜로 당신은 극복할 수 있습니다. 매일매일 하나님의 은혜를 받아, 오직 하나님의 은혜로 살아가는 것입니다. 예수 그리스도를 닮기 위해, 다른 사람들에게 사역을 하기 위해, 다른 사람들을 사랑하기 위해서 사는 것입니다. 그것이 가장 중요합니다. 우울증에 영향을 주는 요소들을 다 알 필요가 있나요? 도움이 될 수도 있으나 꼭 필요하지 않습니다. 예를 들어 **욥**의 경우를 보겠습니다. 그는 열 명의 자녀를 잃었습니다. 너무나 괴로운 질병을 앓았으며, 자연 재해로 모든 것을 잃었습니다. 이같이 우울증을 일으킬 만한 여러 가지 상황 속에서 더 큰 어려움은, 그의 삶 내내, 그의 인생 내내, 결코 그 이유를 몰랐습니다. 우리는 한 가지 고통만 겪어도 그 이유를 알고 싶어합니다. 그런데 욥기에서 하나님께서 하신 일과 사탄이 한 것에 대한 해석을 볼 때, 그는 인생 내내 '왜?'에 대해 알지 못했습니다. 그러나 그는 모든 것을 극복합니다, **하나님의 은혜로.**

성경이 인과 관계와 책임을 규명하는 명확한 지침을 주지 않을 때는, 정확한 이유를 아는 것이 본질적인 것이 아니기 때문이라고 믿습니다. 때때로 우리는 알지 못합니다. 그러나 우리는 여전히 사랑하고, 알고, 극복할 수 있습니다.

우리에게 고통, 고난, 각종 어려움, 우울증이 닥칠 때, 항상 두 가지 태도가 있습니다. 주먹을 불끈 쥐거나[저항하거나] 무릎을 꿇는 것입니다. 그래서 저는 제안합니다. 항상 우리는 무릎을 꿇고 기도해야 합니다. 하나님의 선하신 계획과 다스리심을 믿고 주님만 바라보아야 합니다. 욥처럼 모든 것이 선하신 하나님의 섭리임을 믿는 것입니다.

하나님 없이는 근본적으로 해결이 불가능한데, 세상의 학문과 모든 이론은 그 사실을 알지 못한 채 필요 이상 꼬치꼬치 캐려고 노력합니다. 모든 요소를 다 알고 싶어합니다. 왜인가요? 우울증의 근본 해결책을 모르기 때문입니다. 환자가 고통 중일 때, 모든 원인의 책임을 그에게서 다른 데로 돌려야 하기 때문입니다. 정당방위가 필요하기 때문입니다. 환자의 책임도 다른 데로 넘겨야 하기 때문입니다. 그래야 위로가 된다고 생각하기 때문입니다. 당신에게는 이 고통의 이유와 책임이 없고, 잘못이 없다고 말해줘야 하기 때문입니다. 그러므로 끊임없이 책임을 다른 데로 전가하기 위해 애씁니다. 그래서 과거로 역행하여 그에게 상처를 줄 수 있었을 만한 모든 상황과 사람들을 끌어냅니다. 그리하여 환자로 하여금 그 대상에게 원망과 분노와 아픔을 쏟아내어 감정적 해소를 주려고 노력합니다. 그 사람의 고통에 대해 들어주기만 하면 해소가 될 줄 압니다. 그래서 환자로 하여금 특정 대상들에게 헛되이 너무 많은 시간을 낭비하게 합니다. 감정적, 이성적, 의지적인 힘들을 너무 소모합니다. 주변 환경, 특별한 상황, 다른 사람들에게 모든 짐을 전가시킵니다. 이런 방법은 누군가를 욕하고 원망하게 만들기도 합니다. 영적으로 보면 결국 하나님에 대한 원망과 연결되어 있습니다.

그것이 고통과 매임을 풀어준다고 생각합니다. 그러나 아주 일시적으로 해소의 느낌을 줄 뿐이고, 아직 매여있는 것입니다. 모든 고난의 원인을 몰랐던 욥은 극복했습니다. 근본적으로 영적인 문제에 대한 바른 관점에서 본 정확한 원인이 아닌 한, 우울증에 영향을 줄 만한 요소들에 너무 집착할 필요가 없습니다. 세상에서는 상담으로 치료한다고 하면서 너무 상처를 캐냅니다. 환자로 하여금 몰랐던 상처를 만들어내어 일러주기도 합니다. 미워하지 않았던 대상도 미워하게 합니다. 결국 책임을 넘기는 것입니다. 기독교 상담 안에도 과거의 상처들을 분명히 밝히고, 그 원인이 되는 대상을 용서해야 할 때가 있습니다. 그런데 이때 자칫, 세상적 철학의 영향을 받지 않도록 주의해야 합니다. 예를 들어, '세컨드 펀치 신드롬'Second punch Syndrome입니다. *(역주: 세컨드 펀치 신드롬은 죄에 대해 설명하기 위해 설교자 정민용 목사가 만든 용어입니다. 두 아이가 싸울 때 보통의 부모는, 누가 먼저 때렸는가를 묻습니다. 세상의 재판이 이와 같습니다. 보통 맞은 사람은, 자신이 상대방을 미워하는 것은 정당하다고 생각합니다. 상대방이 먼저 때렸기 때문입니다. 그래서 세상에서는 먼저 맞은 자가 날린 두 번째 펀치는 정당화됩니다. 그러나 나의 반응 속에 죄가 있고 그래서 상대방에게 두 번째 펀치를 날린다면 하나님 앞에서는 역시 죄인 것입니다.)*

'누가 먼저 때렸는가?'를 따져서 두 번째 펀치를 날린 사람을 정당화하려는 욕구입니다. 일종의 정당방위입니다. 하와가 뱀에게, 아담이 하와에게, 결국 하나님께 책임을 전가하는 모습이 이에 해당합니다. 세상에서 정당방위는 죄가 아니지만, 하나님 앞에서 나의 죄는 그 죄의 전후 사정과 상관없이 죄입니다. 우울증을 이기기 위해, 내게 치료해야 할 어떤 상처가 있는데 그것의 원인이 부정적 환경을 만든 다른 사람에게 있다는 것입니다. 결국 이런 해법의 결론은 다른 사람의 잘못입니다. 상담에서 용서를 말하지만, 그 방법은 하나님 앞에서 나의 죄를 보는 것이 아니라, 누군가 다른 사람의 죄를 먼저 보고 거기에 집중하게 되는 것입니다. 그러면 정죄하기 쉽습니다. 나의 아픔을 치료하기 위해 누군가 나쁜 사람이 필요합니다. 물론 현재의 원치 않는 고통의 원인에 과거 가정 형편, 인간관계 등의 문제가 큰 영향을 미친 것이 사실인 경우가 많이 있습니다. 그러나 근본적 해결 방법은 그 모든 것을 정죄하는 데 있지 않습니다. 모든 환경 속에서 그것이 우울증으로 옮겨가는 것에는 근본적으로 환자 자신의 욕구에 따른 영적인 선택이 있는 것입니다.

과거의 아픔과 상처를 캐내어 거기에 관련된 모든 사람을 주의 사랑으로 용서하고 사랑하는 것으로 끝나면 좋은데, 쉽지 않습니다. 용서한다고 말해도 마음속에 누군가에 대한 정죄, 무언가에 대한 원망이 없어지는 것이 아닙니다. 우리가 다른 사람을 용서하는 것은 굉장히 오래 걸리기 때문입니다. 용서했다가도 내 속의 죄성으로 인해 반복적으로 미움이 생길 수 있습니다.

상처를 밝히 보는 이유는 철저한 회개와 용서받고 용서하는 기쁨으로 나아가는 길이 되어야 합니다. 몰랐던 상처까지 알려주며 치유를 이야기할 때는 주의해야만 합니다. 상담 치료의 과정에서 없던 미움이 생길 수도 있기 때문입니다. 상담 중 우리에게 혹시 실수와 오류가 있더라도 하나님을 의지하고 기도할 때, 하나님의 은혜로 실수와 오류마저도 아름다운 결론으로 가게 하는 긍정적 과정으로 바뀔 수 있습니다. 그렇지만 기독교 상담에 세상적 철학이 가미될 때면 자칫 피상담자가 책임 전가의 유혹에 빠지기 쉽습니다. 모든 잘못을 다른 사람 탓으로 돌리는 데 성공하면 지극히 일시적으로 마음이 편안해짐을 느낄 수는 있지만, 그것은 세상적이고 이기적인 편안함일 뿐 진정한 평안이 아닙니다. 일종의 일시적 진통제를 맞은 것과 마찬가지일 뿐입니다.

영적 존재인 우리는 영원의 존재이기 때문에 영원의 관점에서 치료법을 찾아야 합니다. 우리는 우울증의 모든 환경적 요소들을 다 알 필요가 없는 것입니다. **하나님의 은혜로 극복할 수 있습니다.**

3. 문화가 우울증에 영향을 미칩니까?

문화는 우울증에 지대한 영향을 미칩니다. 문화는 사람들에게 너무 많은 선택권을 줍니다. 그것이 우리를 우울하게 할 수 있습니다. 끊임없이 비교하게 만들고 불만족을 일으킵니다. 결혼 문제, 교육 문제, 직업 문제, 취직 문제 등과 같은 많은 문제 앞에서 사람들로 하여금 선택하도록 만듭니다. 일상 생활 속에서도 수많은 선택을 요구합니다. 예를 들어, 여러분은 아침 식사를 어떻게 하십니까? 다른 나라에 가보면, 제게 물어봅니다. “무엇을 먹으러 갈까요?” 그러면 저는, “아무거나 좋습니다”라고 답합니다. 그런데 계속 질문이 이어집니다. 제게 아침 식사를 제안하는 중입니다. 저는 답변해야만 합니다. “어떤 종류의 음식을 먹을까요?” 그래서 어느 음식점에 가면, 메뉴가 책과 같습니다. 저는 단지 달걀을 먹고 싶은데, 달걀을 어떻게 먹고 싶은가? 또 물어봅니다. 그래서 “토스트 안에 넣어 먹고 싶어요”라고 답합니다. 절차가 많아 머리가 아픕니다. 밥 한 끼 먹으려면 너무 많은 결정을 해야 합니다. 아시다시피 우리의 문화 속에 정말 많은 선택이 있습니다. 그런데 실상, 선택권이 있다는 사실은 불만족을 낳습니다. 여러 가지 선택권을 가지고 있기 때문에, 항상 무언가 더 나은 것이 있을 거라고 생각합니다. 무언가 더 나은 것이 있을 것이라는 생각은 결국 우리를 더욱 불만족하게 합니다.

우리의 문화는 개인주의의 문화입니다. 개인주의 문화 속에서 외로움을 느끼기 쉽고 도움을 구하기 어려울 수 있습니다. 또한 지금 우리의 문화는 제멋대로인 방종의 문화입니다. 실상 오락의 문화입니다. 목적을 잃어가고 있습니다. 인생의 바른 목적이 없습니다. 세상적 행복을 최대의 선으로 삼은 문화입니다. 그것이 가장 큰 목적일 것입니다. 우리는 인생의 장면마다, 순간의 행복을 구하기보다 진정 그것을 위해서 살아야만 할 가치가 있는, 참 목적을 위해 살도록 노력해야만 합니다. 그러나 우리는 행복을 우상화하는 문화 속에 살고 있습니다. 그래서 하나님은 우리의 인생 가운데 정하신, 고난으로 우리를 준비시키십니다.

삶 속에서 무언가 우상화된 것이 있을 때 그것은 우리를 실망과 낙심으로 이끕니다. 우리가 추구하는 행복은 우리를 혹사하고 결국 우리는 버림받은 애인으로 남을 것입니다. 그러나 이때 우리를 결코 떠나지 않고, 버리지 않으실 분을 좇으십시오. 확실히 말합니다. 실상 더 이상 정확히 말할 수 없습니다. 과거에도 미래에도 항상 우리를 쫓아다니시는 영원한 애인의 사랑을 받으십시오.

내 평생에 선하심과 인자하심이 반드시 **나를 따르리니** 내가 여호와의 집에 영원히 살리로다 Surely goodness and love **will follow me** all the days of my life, and I will dwell in the house of the LORD forever. NIV / Surely your goodness and unfailing love **will pursue me** all the days of my life, and I will live in the house of the LORD forever. NLT 시 23:6

하나님의 영광을 위해, 우리의 장래를 위해, 현재의 즐거움보다 고상한 미래를 준비하기 위해 우선순위를 정하는 법을 배우십시오. 위를 보십시오. 강건하십시오. 성장하십시오. 담대하십시오. 결코 포기하지 마십시오.

4. 우울증에 마귀의 영적인 개입이 있습니까?

아주 드물지만 개인에게 직접 개입하는 경우가 있습니다. 그러나 일반적으로 사탄은 세상의 문화 속에서 자신의 철학을 많은 사람에게 심고 있습니다. 그 철학을 가진 사람들이 음악을 만들고, 책을 씁니다. 그래서 보는 문화에 사탄의 철학이 스며들고 만연합니다. 따라서 그 영향을 받은 우리의 마음은 하나님을 찾지 않고 더욱 자기를 섬기며 자기의 영광을 구합니다.

사탄이 사람에게 영적으로 분명하고 현저하게 관여하는 경우는 매우 드물게 개인적으로 나타납니다. 그러나 더욱 주의해야 할 사실은, 사탄이 세상 속에서 조직적으로 사람의 마음을 자극하여 우리 자신을 위해 살도록 한다는 것입니다. 드물게 나타나는 직접적인 마귀 들림보다 오히려 문화로 침투하는 것이 더 심각한 마귀의 연루라고 말할 수 있습니다.

5. 화학적 불균형은 우울증의 원인이 아닙니까?

육신은 근본적 원인이 아닙니다. 단지 배경일 뿐입니다. 관련되어 있을 뿐입니다. 화학적 불균형은 단지 마음을 자극할 뿐입니다. 다시 말하지만, 우리는 구분해야 합니다. 생물학적 문제, 심리학적 문제, 우리가 믿는 바 영적인 문제를 바로 짚어내야 합니다. 사람에게 있는 문제들 중에 어떤 경우는 생물학적 문제로 보입니다. 제가 자폐성(自閉性)인 사람들을 관찰할 때 생각해 보았습니다. 주목을 끄는 사실은, 서번트 증후군이 있는 자폐인은 특정한 분야에 매우 뛰어난 능력을 보입니다. 그런데 그 밖의 다른 것은 잘 하지 못합니다. 진정 뇌 기능의 문제이거나 태어나면서부터 어떤 종류의 생물학적인 무언가가 영향을 미쳤을 것입니다. 그것은 하나의 가능성입니다. 그러나 우리는 우울증에 있어서 분별해야만 합니다. DSM이 말하는 것이 무엇이든 간에 각각의 경우가 진정 생물학적 문제인가 영적인 문제인가 판별해야 합니다. 만약 생물학적인 문제만이라면 그들의 삶에서 치료를 위해 특별한 영적인 상담과 권면은 필요 없기 때문입니다. 그래서 우리는 분별해야 합니다.

그러나 대부분의 우울증은 생물학적, 화학적 불균형이 원인이라고 믿지 않습니다. 마음의 문제에 기인한 결과입니다.

6. 약을 사용해야 합니까?

우울증은 대부분 마음의 문제의 결과입니다. 그래서 약을 아주 드물게 사용해야 한다고 생각합니다. 현재 처방되고 있는 것보다 훨씬 드물게 사용해야 합니다. 의사의 진료와, 다른 전문가의 상담이 동시에 이루어져야 합니다. 응급한 때에는 환자를 안정시켜야 하기에 약이 도움이 됩니다. 그러나 궁극적으로는 점차 약을 줄이길 원해야 하고, 진정으로 마음 안에서 싸우는 법을 배우고, 바르게 생각하는 법을 배워야 합니다. 주께만 믿음을 갖는 법을 배워야 합니다. 더욱 주님을 의지한 후 의사와 상담할 때, 당신이 새롭게 원하는 방향으로 다시 나아갈 수 있습니다. 이미 당신의 생각과 마음을 다루는 법을 배우는 방향으로 가는 과정 중에 있다면, 의사와 다시 상담해서 천천히 약을 줄이면서 더욱 당신의 마음과 싸우는 법을 배우기 바랍니다. 성경적 치료를 원하기 바랍니다. 당신은 인생을 직면할 준비를 해야 합니다. 하나님의 은혜로 그렇게 할 수 있습니다.

7. 우울증과 '걱정, 분노, 두려움, 후회, 실패감, 죄책감, 실망, 절망, 죽음' 사이의 관계는 무엇입니까?

특별히 **감정**은 우울증과 관련이 있습니다. 위에 언급한 것들 모두 우울증과 관련이 있습니다. 감정은 느낌입니다. 감정은 충격을 줍니다. 감정은 말합니다. 감정은 영향을 미칩니다.

성경으로 분석할 때 고통과 즐거움의 원칙이 있습니다. 우리는 마음을 가지고 있습니다. 천성과 욕구를 가지고 있습니다. 그래서 나는 무언가를 원합니다. 또한 무언가를 원하지 않습니다. 마음은 내가 무언가를 원하는 것에 의해 움직입니다. 내가 원하는 그것을 얻었을 때 행복합니다. 내가 원하지 않는 것을 가질 때는 행복하지 않습니다. 아픕니다. 이것이 고통과 즐거움의 원칙입니다. 이것을 알고 이제 당신의 우울증에 귀 기울이십시오. 그리고 우울증을 분석하십시오. 감정으로 우리의 마음속을 알 수 있습니다. 감정은 사람의 마음의 동기를 가장 잘 드러내주기 때문입니다. 따라서 감정은 매우 중요합니다. 분석해보십시오. 언제 어떤 감정이 심한가를 따져 봐야 합니다. 나의 감정에 실린 의도를 생각해봐야 합니다.

걱정은, 내가 원하는 것을 얻지 못할까 봐 생깁니다. 그리고 내가 원하지 않는 것을 얻을까 봐 생깁니다. **분노**는, 무언가 때문에 내가 원하는 것을 얻지 못한 것을 의미합니다. 그러면 그 무언가에 분노합니다. **두려움**은, 내가 원하는 것을 얻지 못한 결과에 대해 두려워하는 것을 의미합니다. 지금 저는, 우울증과 연관된 다른 모든 것이 어떻게 당신의 욕구와 관계하는지를 볼 수 있도록 돕고자 하는 것입니다. **후회**는, '내가 그렇게 하지 않았다면, 내가 그것을 했더라면, 내가 원하지 않는 이것을 갖지 않았을 텐데'라는 마음입니다. **실패감**은, '나는 달성하지 못했어, 나는 늘 그래, 얻지 못하는 건 보통이야, 나는 실패자야'라는 뜻입니다. **죄책감**은, 당신이 무언가를 얻기 위한 규칙을 가지고 있음을 의미합니다. '나는 이것을 했어야 했어'입니다. **실망**은, 내가 그것을 얻지 못했다는 것을 믿을 수가 없다는 뜻입니다. 그런 일이 일어났다는 것을 믿을 수 없다는 것입니다. 또한, 내가 원하지 않는 것을 얻게 되었다는 사실을 믿을 수 없다는 의미입니다. **절망**은, 나는 절대로 안 될 것이라는 뜻입니다. 나는 결코 얻지 못할 것이라는 말입니다. **죽음**은, 절망으로 인해 이렇게 사느니 차라리 죽는 게 낫다는 것입니다.

이 모든 것으로 당신은 우울증과 연관된 감정들, 느낌들이 내가 원하는 것을 얻지 못한 것 또는, 원하지 않는 것을 얻은 것과 어떻게 관계가 되는지 볼 수 있습니다. 고통과 즐거움의 원칙입니다.

이와 같이 내게 일어나는 감정에는 그 원인이 되는 욕구가 있습니다. 감정은 내가 사랑하는 것을 가리킵니다. 다시 말하지만, 원하는 것을 얻었을 때는 긍정적인 감정이 생기고 얻지 못했을 때는 부정적인 감정이 생깁니다. 내가 왜 외로운가? 내가 왜 슬픈가? 내가 왜 이렇게 느끼는가? 그래서 어떤 감정이 언제 생기는가? 어떤 감정이 가장 강렬한가? 이런 질문에 답을 해보는 것은, 우리의 마음의 동기를 알아보는데 매우 도움을 줄 것입니다. 그것은 결국 우울증 극복에 도움을 줍니다.

영적인 존재인 우리는 죄악의 천성이 있고, 예수 그리스도 안에서 성령으로 거듭났다면, 선한 천성이 있습니다. 그래서 죄악의 욕구들과 성령님이 주시는 선한 욕구들이 함께 있습니다. 그리고 이 모든 욕구는 우리의 모든 감정과 관련되어 있습니다. 따라서 드러난 감정으로 나의 내면의 진실을 살펴볼 수 있는 것입니다.

그런데 세상은 감정대로 살라고 가르칩니다. "감정을 억제하면 화병이 온다 감정에 충실하라 감정에 솔직하라"라고 가르칩니다. 이는 하나님의 뜻에 맞게 살 때 오는 행복과 축복을 몰라서 하는 말입니다. 화나면 화를 내야 풀린다고 생각하는 것입니다. 감정에는 뿌리가 있음을 모르는 것입니다. 이 세상의 권면은 곧 "너의 죄성 대로 살아라!"

이 뜻입니다. 이기적으로 살라는 말입니다. 세상은 우리에게 인생 동안 최대한 이기적이 되라고 가르칩니다. 세상이 말하는 선행도 그것에서 벗어나지 않습니다. 그 모든 것은 온 우주의 중심인 **나**를 위해, 오직 나의 쾌락과 나의 즐거움을 위해 살라는 뜻이기 때문입니다. 궁극적으로 나를 사랑해서 살라는 것입니다. 주님이 나를 사랑하시고 나는 주님을 사랑하는 그 사랑을 모릅니다. 따라서 주님의 참사랑을 체험한 우리에게, 감정을 살피는 것은 나의 동기를 살피는 데 매우 유용하고 궁극적으로 회개에 이르게 할 수 있습니다. 이제 우리는 “주님과 같이 내 마음 만지는 분은 없네”라는 찬송의 뜻을 압니다. 오직 **주님**만이 우리의 마음을 만족시키실 수 있습니다.

Ⅳ. 우울증과 싸우기 위한 실제적 제안

1. 인생의 목적을 평가하십시오.

무엇보다 먼저, 인생의 목적을 점검하십시오. 인생의 목적은 무엇입니까? 당신이 인생의 올바른 트랙을 달리고 있다면 하나님의 명령은 당신의 목적이 됩니다. 성경에 있는 모든 명령은 인생의 강령이 됩니다.

> 그런즉 너희가 먹든지 마시든지 무엇을 하든지 다 하나님의 영광을 위하여 하라 고전 10:31

이것이 바로 참 행복으로 가는 길입니다.

> 우리의 모든 환난 중에서 우리를 위로하사 우리로 하여금 하나님께 받는 위로로써 모든 환난 중에 있는 자들을 능히 위로하게 하시는 이시로다 고후 1:4

우리가 하나님께 받은 위로를 다른 이들에게 줄 수 있습니다. 간단히 말하면, 한 명의 개인 신자로서 순종하는 믿음의 걸음을 걸으라는 뜻입니다. 하나님 말씀으로 인생의 강령을 삼고 항상 마음속에 목적을 가지고 사십시오. 그만두고 싶을 때마다 인생의 목적을 점검하십시오.

도대체 나는 왜 살고 있는가? 실제로 인생의 목적을 적어보십시오.

우리가 어떤 맹렬한 영화를 볼 때, 처음 보는 장면마다 어찌 돌아가는 상황인지 모릅니다. 그런데 영화를 끝까지 잘 감상하고 나서 얼마 후 그 영화를 다시 볼 기회가 생겼습니다. 그러면 영화의 중간에 어떻게 될지 모르고 흥분했던 장면도 이제는 그 끝을 알기에 긴장하지 않고 보게 됩니다. 그와 같습니다. 어려움은 여전히 우리에게 있습니다. 모든 것이 엉망이 되는 것 같습니다. 그러나 우리에겐 소망이 있습니다. 우리는 하나님의 말씀을 통해, 무슨 일이 일어나고 있는지 믿음으로 이미 알고 있습니다. 따라서 모든 것은 우리의 참된 소망을 향해 가고 있는 것입니다.

성경을 읽으면서, 우리의 인생과 세상의 역사를 보는 것도 마찬가지라고 생각합니다. 매우 많은 것이 잘못되고 있을지라도, 우리는 하나님이 보여주신 계시를 압니다. 그가 이기셨습니다. 그래서 우리는 인내할 수 있습니다. 결말을 아는 믿음으로 사십시오.

니컬러스 월터스토프는 그의 책 "나는 사랑하는 사람을 잃었습니다Lament for a Son"에서 이렇게 말했습니다. "우리는 마음 아파하는 선지자들입니다." 맞습니다. 우리는 승리의 비전을 가졌습니다. 우리에게 있는 고난은 역사상 마지막 말을 가지고 있지 않습니다. 예수님이 마지막 말씀을 가지고 있습니다. 고난은 곧 지나갑니다. 하나님의 스토리가 있습니다. 십자가와 부활의 스토리가 있습니다. 그러나 이 땅에 많은 가짜 스토리들이 있습니다. 약속 파기의 스토리들입니다. 그동안 당신도 당신의 스토리를 창조하는 데 교묘한 기술을 써왔습니다. 당신은 논픽션이라고 생각하지만 그것은 픽션입니다. 당신의 해석들이 모든 것을 망쳤습니다. 틀렸습니다. 당신은 알지 못한 채 픽션을 창조하고 있습니다. 오직 예수님의 스토리만이 진정한 논픽션입니다. 하나의 오류도 없이 쓰였습니다. 이를 안다면, 당신의 스토리를 재평가해야 합니다. 그리고 당신은 다른 스토리를 선택해야만 합니다. 당신에게 다른 영웅이 필요합니다. 당신의 해석과 연출 속에는 항상 당신이 모든 것의 중심이기 때문입니다. 회개는 당신의 허구 스토리를 버리고, 역사상 오직 하나의 완벽한 논픽션이 있음을 믿는 것입니다. 오직 하나만 있습니다. 오직 한 분의 '스토리텔러'입니다. 오직 홀로 하나님만이 당신 인생을 해석할 권한이 있으십니다.

고난 중에도 그를 찬양하십시오! 찬양은 하나님을 주인으로, 우리를 종으로 만듭니다. 하나님의 스토리 안에서 '부활'은 남은 스토리의 시작에 불과합니다. 그러나 우리는 마치 그리스도가 아직도 무덤 속에 계신 것처럼 살고 있습니다. No, No! 그러면 안 됩니다. 당신의 스토리를 바꾸십시오. 그리스도의 스토리로 당신의 인생을 해석하십시오.

우울증은 세상을 매우 작게 만듭니다. 하나님을 보아야 합니다. 하나님이 섭리하고 계십니다. 하나님이 움직이고 계십니다. 당신은 그의 움직임에 운율을 맞추는 시인과 같습니다. 하나님께 당신을 전적으로 맡기십시오. 그러면 그는 당신 안에서 움직이시고 당신과 함께 움직일 것이며 당신을 사용하여 움직이실 것입니다.

2. 우울증에 귀 기울이는 법을 배우십시오.

사람들은 항상 무언가에 귀를 기울입니다. 종일 세상적인 것에 귀를 기울입니다. 하나님께 귀를 기울이지 않습니다. 우리가 지금 분석하고 있는 것에 귀를 기울이지 않습니다. 그러나 이제 진정 귀 기울여야 할 것이 무엇인지 살피십시오. 관심을 가지십시오. 하나님이 주신 인생의 목적을 확고하게 하는 데 도움이 될만한 것을 듣고자 하는 목표를 가지고 귀 기울일 수 있다는 뜻입니다.

때때로 모든 것을 끄고 당신이 들어야만 할 것에 최대한 집중하십시오. 특히 성경 말씀에 집중할 때면 악하고 부정적인, 나의 수많은 생각들이 발견될 것입니다.

우울증 안에 있는 패턴을 보는 법을 배우십시오. 주의 깊게 보십시오. 우울증의 패턴을 보아야 합니다. 어떻게 시작하나요? 어디로 가나요? 나의 생각의 열차는 무엇인가요? 모든 사람은 생각의 열차를 가지고 있습니다. 열차에 올라타면 '슈~웅~' 나아갑니다. 패턴이 있습니다. 모든 중독도 생각의 열차를 가집니다. 열차가 나아가는 패턴이 있습니다. 출발하면 늘 가던 길로 갑니다. 우리는 각자 자기의 패턴을 봐야 합니다. 그것을 이해해야 합니다. 그리고 열차에서 내려야 합니다. 내리는 법을 배워야 합니다. 그리고 올바른 열차로 갈아타야 합니다. 또한 올바른 철로를 구축하십시오. 성경적이고, 경건한 철로입니다. 그것은 생각의 열차를 절망으로 달리게 하던 철로와 달리 풍성한 소망으로 이끕니다. 지금 당신의 열차는 결국 어디로 갑니까? 나의 생각을 조정하고 오류에 대항하는 법을 배우십시오. 경건은 역사를 갖습니다. 마찬가지로 죄도 역사를 갖습니다. 우울증도 역시 역사를 갖습니다. 당신의 생각에 들어간, 그런 것들은 단지 묻어두고 감추기보다는 제거해야 할 것들입니다. 그렇게 하십시오. 거듭거듭 꺼내어 버리십시오. 이것은 수동적인 청취입니다. 나아가 우리는 하나님 말씀에 귀 기울여 적극적이고 능동적인 청취를 해야 합니다. 그러한 청취는 당신으로 하여금 인생의 목적을 확고하게 하는 데 도움을 줄 것입니다.

이제는 견고한 하나님의 사랑에 의지하시기 바랍니다. 여러분 중 어떤 분들은, “사랑은 움직이는 겁니다. 그리고 사랑이 인생의 목적까지 고려하지는 않습니다”라고 말할 것입니다. 그렇습니다. 죄악된 우리의 사랑은 흔들립니다. 견고하지 않습니다. 그러나

> 돈을 사랑하지 말고 있는 바를 족한 줄로 알라 그가 친히 말씀하시기를 내가 **결코** 너희를 버리지 아니하고 **(결코)** 너희를 떠나지 아니하리라 하셨느니라 히 13:5

당신은 하나님의 임재 안에 있습니다. 하나님의 사랑은 견고합니다. 우리는, 하나님의 사랑이 모든 영원을 이해하게 하는 것을 볼 수 있습니다. 우리는 하나님의 사랑으로 영원을 알게 되었으며 영원히 신실하신 하나님으로부터 받아 누릴, 그의 영원한 사랑과 은혜는 그야말로 큰 소망이 됩니다.

3. 기쁨을 얻는 회개로 기꺼이 나아가는 법을 배우십시오.

올바른 관점으로 당신의 우울증이 어찌 된 일인지 살펴봐야만 합니다. 이 세상에는 당신을 탓할 것이 아무것도 없기 때문입니다. 모든 것은 무언가 다른 것이 원인입니다. 따라서 당신의 오해를 바로잡고 재구성하는 법을 배워야 합니다. 우울할 때면 공허함을 느끼고 활력이 없고 의욕이 없다고 생각하지만 실상 우리의 마음은 바쁘게 무언가를 선택하고 있습니다. 한 사람을 축 늘어지게 하기 위해 그 사람의 마음은 부지런히 부정적인 선택을 하는 것입니다. 이 사실을 알고 우리의 경험을 성경적 언어로 재해석하고 재구성해야 합니다. 당신을 둘러싼 다른 사람들의 기대가 당신을 억압하고 있다고 생각하지 말고, 애초에 다른 사람들의 기준에 맞춰 살기로 선택한 당신의 마음을 알아채야 합니다. 나의 기쁨과 슬픔, 성공과 실패, 삶의 목적, 내 존재의 가치, 그 모든 것의 기준과 판단을 다른 사람들에게 내가 맡긴 것입니다. 과연 우리는 누구를 믿을 것입니까? 하나님을 의지해야 합니다.

세상은 우울증의 진정한 해결책을 주지 못합니다. 성경에 따르면, 당신은 희생자가 아니라 죄인입니다. 우울증이 얼마나 당신의 이기심과 교만에 대해 말해주는지 보아야 합니다. '내가 원하는 거야, 나는 당연히 받을 만해'라고 여기는 당신은 전투 중에 있습니다. 전쟁이 계속되고 있습니다. 기쁜 회개로 기꺼이 나아가는 법을 배우십시오. 어떤 사람이 간증합니다. "나의 아버지를 용서할 때 우울증이 나아지기 시작했습니다." 그는 용서하지 못하는 마음을 회개하기 시작했습니다. 은혜를 받기 시작했습니다. 우리가 은혜를 받을 때, 하나님은 결코 당신이 그 은혜를 도로 갚는 것을 바라시지 않습니다. 하나님의 은혜를 생각하고 그 은혜를 다른 사람들에게 전달하기를 바라십니다.

때때로 당신은 불법으로 인한 죄책감 때문에 우울증이 있습니다. 그때 당신이 해야 할 것은 나쁜 기분과 감정을 회개해야 합니다. 왜냐하면 그것은 하나님이 되고 싶은 욕구에서 왔기 때문입니다. 당신의 기준을 채워서 기쁘게 하고 만족시키길 원하는 욕구입니다. 따라서 기쁜 회개를 하는 법을 배워야 합니다. 기꺼이 회개에 민첩하게 되어야 합니다. 진정한 회개로부터 얻는 참 기쁨의 은혜를 누리시기 바랍니다. 당신의 죄악들을 볼 수 있다는 것이 얼마나 대단한 은혜인지 보시기 바랍니다. 당신의 죄를 볼 때 오직 당신이 해야 할 바는 예수님께 가져가는 것입니다. 그러면 그는 당신을 깨끗게 하실 것이고 용서하실 것이기 때문입니다. 그리고 그의 은혜로 힘을 주십니다. 그러므로 믿을 수 없이 놀라운 기쁨이 있습니다. 우리가 십자가의 능력을 이해한다면, 하나님의 자비를 이해한다면 우리의 죄악을 보는 것은 실로 엄청난 은혜입니다. 의심과 걱정이 있습니까? 회개하십시오. 항상 하나님의 용서와 기쁨으로 이끌 것입니다. 은혜는 하나님이 우리의 죄를 눈감아 주는 것을 의미하지 않습니다. 완전히 반대입니다. 그는 우리의 모든 죄를 보시며 그대로 처리하십니다. 그것이 은혜의 의미입니다. 따라서 당신의 죄를 고백함으로 믿음에 닿기까지 멈추지 마십시오. 좋은 소식이 들릴 때까지 멈추지 마십시오.

하나님은 인류 역사상 회개하는 죄인들을 결코 멸시치 않으시기 때문입니다.

> 하나님께서 구하시는 제사는 상한 심령이라 하나님이여 상하고 통회하는 마음을 주께서 멸시하지 아니하시리이다 시 51:17

믿음에 닿기까지 멈추지 마십시오. 감사할 수 있을 때까지 멈추지 마십시오. 감사하십시오. 당신이 처한 곤경의 실체와 당신을 고쳐 묶기 위해 믿음으로 감사하십시오. 그가 주시고 우리는 받을 것입니다. 사람의 선물은 대부분 일회성이고 드물게 받습니다. 그러나 하나님의 인자와 긍휼은 매일 아침 새롭습니다. 감사하십시오. 감사할 것이 너무 많이 있기 때문입니다. 믿음의 눈을 열어주시고 현실에 대한 올바른 해석을 보여주실 것입니다. 고통은 기쁨의 반대가 아닙니다. 거듭난 사람들의 세상에서는 모순이 아니라 오히려 상호 보완적입니다. 장례식과 같습니다. 크리스천에게 장례식은 이별의 슬픔이 있지만 장래의 위대한 재회에 대한 소망이 있습니다. 인생은 바로 그와 같습니다. 그래서 우리는 감사하는 법을 배워야만 합니다. 이 밤에 감사한 느낌이 없을지라도 감사하시기 바랍니다. 현실을 몰라서가 아니라 오히려 현실을 이해하기 시작했기 때문입니다. 불경건한 욕구들은 감사 없는 마음의 어둠 속에서 숨을 쉬고 있습니다. 은혜는 당신에게, 멈추지 않고 신실하게 역사하시는 하나님의 위대한 손을 볼 수 있게 합니다. 당신이 마음을 열 때, 마음을 열고 단순히 감사할 때, 마음에 들어가셔서 일하십니다. 당신이 그의 은혜를 받을 때 그는 영광을 받으실 것입니다. 이것은 불과 변화의 시작일 뿐입니다.

4. 소망하는 법을 배우십시오.

소망하는 것, 이것은 배워야 할 일종의 기술이라고도 믿습니다. 능숙한 기술이 필요합니다. 갑자기 떠오르는 부정적 생각들을 거부해야 하기 때문입니다. 우리 안에 항상 두 가지 생각을 가집니다. 두 마음, 두 가지 천성이 존재하기 때문입니다. 우리는 성령으로 거듭나서 선한 마음을 갖게 되었지만 여전히 죄성으로 인해 죄악의 마음이 있습니다. 그래서 우리는 어떤 상황에서도 소망할 수 있도록 소망을 갖는 기술을 발달시키는 법을 배워야 합니다. 우울증을 겪는 중에도 선한 것, 좋은 것을 기대하는 법을 배우십시오. 하나님에 대해 배우십시오. 그러면 하나님을 더욱 알고 당신 자신에 대해 배울 수 있습니다. 당신이 다른 사람들을 사랑하기 시작할 때 하나님이 당신을 사용하실 것이라고 소망하는 법을 배울 수 있습니다. 그리고 다가올 앞날 그리스도의 재림을 소망하는 법을 배우십시오. "Lord, Come! Maranatha!" "주님 어서 오시옵소서!" "Lord, Come down!" "주님, 오소서!"

하나님의 선하신 섭리 안에서 우울증이 내게 선생님이 될 것이라고 기대하십시오. 그렇다고 오히려 우울증을 구하거나, 우울증이 완화되지 말기를 바라라는 뜻이 아닙니다. 알베르트 슈바이처는 크리스천들을 일컬어, "고통의 흔적을 가진 사람들의 단체"라고 했습니다. 고통 가운데 우리는 십자가를 볼 수 있고, 십자가가 주는 지식으로부터 힘을 얻습니다. 하나님이 우리 가운데 계시다는 지식입니다. 그리스도 자신이 우리처럼 고난을 겪으셨다는 것을 이미 여러분은 압니다. 고난은 교사입니다. 예수님도 고난으로 배우셨습니다. 놀라운 말씀입니다. 그가 아들이시면서도 받으신 고난으로 순종함을 배워서 히 5:8 물론 순종의 덕이 없던 분이 습득하셨다는 의미가 아니라 하나님 아버지의 지시에 순종하며 고난을 경험하셨다는 뜻이지만, '배우셨다'는 말씀은 놀라운 말씀입니다.

어느 재즈 음악가가 말했습니다. "재즈 음악에서는 조성이 정해져 있어도 12개의 음을 자유롭게 사용할 수 있습니다. 그러나 12개의 음으로 마음껏 자유롭게 연주하다가도 마지막에 끝날 때는 그 조성에 맞는 음으로 마무리합니다." 재즈를 잘 아시는 분은 무슨 말인지 아실 것입니다. 저는 잘 알지 못합니다만, 끝날 때 맞는 음으로 끝난다고 합니다. 여러분의 마음은 연주를 위한 매우 많은 음표를 가지고 있습니다. 그러나 예수님이 마지막 음이 되게 하십시오. 주님을 소망하는 법을 배우십시오. 과거에 무언가 기대한 적 있습니까? 그랬다가, 상처받았습니까? 그래서 우리는 소망하지 않는 것을 배울 것입니다. 그러면 당연히 실망도 하지 않을 것이기 때문입니다. 그래서 당신은 소망하고 기대하는 것을 거부합니다. 당신은 스스로 보호하고 있다고 생각하지만 당신이 그렇게 저항하는 것을 배운다면 생명이 없는 것과 같이 되는 것입니다. 절대로 저항하는 자가 되지 마십시오. 당신은 소망하는 자가 되는 법을 배워야 합니다. 소망하기를 거부하면 세상적 가치관에 따른 '최소한의 고통'을 위해 자기중심의 삶으로 모든 것을 조정합니다. 그러나 소망하는 자는 주어진 환경들 속에서 **그리스도께 최대한 영광**을 돌릴 수 있도록 자기 삶의 모든 것을 하나님 중심으로 조정합니다.

안타깝게도 많은 사람이 세상적 가치관에서 저항하는 법을 배웁니다. 소망에 대해 제한선을 긋습니다. 소망을 가지라는 하나님 말씀에 대한 순종을 거부하고 수동적으로 앉아있습니다. 그러나 이것은 하나님이 주시는 확실하고 견고한 기회에 대항하는 적극적이고 역동적인 반역입니다. 소망의 결핍은 불신앙입니다. 소망을 가져야 합니다. 소망은 하나님의 약속들을 믿는 것입니다. 그리고 소망은 공동체에 관한 것입니다. 크리스천들은 소망하는 사람들입니다. 교회는 소망하는 자들의 모임입니다. 소망은 발달하는 데 시간이 필요한 기술입니다. 소망하는 법을 배우십시오. 당신이 소망할 때 당신은 다른 사람들에게 소망의 동기를 제공하게 됩니다.

5. 우울증에게 말하는 법을 배우십시오.

우울증에게서 단지 듣기만 하지 마시기 바랍니다. 많은 사람이 설교도 듣기만 합니다. 그러나 질문을 던지십시오. 자기 마음의 바닥을 볼 때까지 질문하십시오. 거기엔 우리의 추한 죄가 있습니다. "이것은 왜?", "내가 왜 이것을 겪어야 하는가?", "왜 해야 하나?" 예수 그리스도의 십자가를 볼 때까지 질문들을 던지십시오. 그가 당신을 용서하시고 힘주실 것입니다. 용서받는 하나님의 보좌가 보이고, 올바른 길로 들어서도록 변화될 때까지 계속 질문하십시오.

그리고 분석하는 법을 배우십시오. 먼저 생각을 분석하십시오. '경건한 생각의 열차'를 만드십시오. 죄악된 마음의 습관을 따라 자동으로 악한 생각의 열차가 달리지 못하게 해야 합니다. 주 안에서 항상 선한 목적이 있는 생각을 해야 합니다. 성령님이 주시는 선한 마음으로 생각하는 것이 습관이 되어야 합니다.경건한 생각의 열차를 발달시킴에 따라 당신의 경건치 않은 생각들의 열차, 그 실체를 보는 법을 배우십시오. 그리고 그 열차에서 내리십시오. 이를 위해 쉽지 않은 시간을 보내야 합니다. 어렵지만 반드시 해야 합니다. 경건한 생각의 열차가 달리는 경건한 철로를 구축할 수 있도록 다른 사람의 도움을 구하십시오. 경건한 열차가 달릴 때라도 과정에 방해가 많습니다. 정욕, 비난, 괴로움, 나쁜 생각들이 경건한 열차를 멈추게 합니다. 이 모든 경로를 통과하도록 훈련하십시오. 반드시 생각하는 법을 배우십시오. 올바른 관점을 가지는 법을 배우십시오.

세상에서 인간이 당하는 큰 고통 가운데 두 가지 서로 다른 경우가 있습니다. 서로 다른 뜻의 육체적 고통입니다. 말기 암과 같은 중한 질병이 주는 고통은 우리에게 죽음을 예고하는 고통이 될 수 있습니다. 그러나 수술을 받을 때 겪는 고통은 우리에게 치유와 회복을 예고하는 고통입니다. 비유할 때, 우울증의 고통은 이 두 종류의 고통 중 하나가 될 수 있습니다. 우울증을 어떤 관점에서 보고 대처하는가에 따라 예후가 완전히 달라집니다. 같은 고통일지라도 개인의 조정에 따라 그 강도가 달라질 수 있습니다. 하나님의 은혜로 새로워진 믿음의 관점은 우리의 인생을 실제로 변화시킵니다. 관점의 차이가 인생의 변화를 불러오는 것입니다. 그러므로 우울한 사람에게 필요한 것은 매일 영적인 현실을 상기함으로써 매사 그리스도 중심의 해석을 자신에게 제공하는 것입니다. 이렇게 하는 것은 우리의 주의력과 집중력에 영향을 미칠 수 있는 우울증 앞에서, 개인적으로 취할 수 있는 간단명료한 방법입니다. 다른 사람들을 돕는 데까지 나아갈 수 있도록, 자신이 먼저 실천하는 법을 배우십시오. 우리의 기분과 느끼는 바를 항상 변화시킬 수는 없지만, 우리가 생각하는 방법을 변화시킬 수는 있습니다. 그러면 머지않아 그것은 우리의 느낌에도 영향을 미칠 것입니다. 우리가 지금 갖는 느낌들은 사실, 삶 속에서 우리가 생각하는 방법에 따르는 산물입니다.

우울증은 안 그래도 좁은 당신의 시야가 더욱 좁아지게 하고 심하면 눈을 멀게도 만듭니다. 그러나 성경은 당신에게 파노라믹 비전, 즉 전경을 나 보여주는 시야를 줍니다. 그 범위는 창조에서 시작해 영원까지 이릅니다. 성경 말씀이 당신 앞에 눈부신 시야를 펼쳐 주십니다. 성경이 주는 비전이 당신 자신보다 위대하다는 것을 볼 수 있도록 마음의 눈이 밝아지길 위해 당신은 계속 기도해야만 합니다.

시편 42편의 저자는 자신에게 말하고 있습니다. 자신의 우울함에 귀 기울인 것에서 그치지 않고 우울증에게 말하고 있습니다.

> 내 영혼아 네가 어찌하여 낙심하며 어찌하여 내 속에서 불안해 하는가 **너는 하나님께 소망을 두라** 그가 나타나 도우심으로 말미암아 내가 여전히 찬송하리로다 시 42:5

잘 안된다고 말하는 것을 멈추십시오. 하나님께서 그렇게 말씀하셨다고 말하기 시작하십시오. 단지 잘 되고 안되고의 문제가 아닙니다.

하나님의 은혜를 받을 수 있는 나의 수용 능력에 관한 것입니다. 더 많은 은혜를 받을 수 있는 나의 성장으로, 더욱 그리스도를 닮아서 더욱 하나님을 영화롭게 하는 것에 대한 것입니다. 단지 우울증으로부터 듣기만 하면 당신의 죄악의 천성에서 오는 악한 지혜에 굴복하게 됩니다. 하나님의 말씀과 지혜로 당신의 우울증에게 말하는 법을 배우십시오. "내 영혼아 네가 어찌하여 낙심하며 어찌하여 내 속에서 불안해 하는가 **너는 하나님께 소망을 두라**"

6. 사랑을 작정하십시오.

“하나님을 사랑하라 그리고 다른 사람들을 사랑하라.” 이것이 우리의 방향을 알려주는 명령문입니다.

“주 너의 하나님을 사랑하라 네 마음과 목숨과 뜻과 힘을 다하여 사랑하라” “네 이웃을 네 몸과 같이 사랑하라” 마태복음 22장의 말씀입니다. 이 말씀에 기꺼이 순종한다면 하나님을 사랑할 것이며, 더욱 하나님을 사랑하기 위해 더욱더 다른 사람들을 사랑할 것입니다. 고통 중에도 다른 사람들을 사랑하는 것은 바로 그리스도께서 십자가 상에서 하신 것입니다. 그래서 우리는 다른 사람들을 위해 죽는 법을 배우고 있습니다. 그리스도의 본을 따라가는 법을 배우고 있습니다. 그러나 장애물들이 있을 것입니다. 하늘의 방침에 따르면 이 땅에서 사랑은 싸움 없이는 자라지 않습니다. 인생에서 도전 없이 성장하는 것은 없습니다. 당신에게 도전하지 않으면 당신은 변하지 않습니다. 죄와 위기가 가득한 이 세상에서는 그렇게 되어 있습니다. 언제 어디서든지 그리스도의 영광이 증가하려면, 당신은 자신의 영광을 향해 손을 뻗는 대신에 당신 마음속 질투심에 저항해야 합니다. 당신이 그리스도의 영광에 닿을 때, 당신의 모습이 어떤지 아십니까? 모세는 하나님을 만나고 산에서 내려왔을 때 그의 얼굴에서 광채가 났습니다. 그는 영광의 불꽃이었습니다.

당신은 영광과 사랑의 왕이신 하나님의 대사가 된다는 것을 생각하십시오. 사랑을 작정하고 계획해서, 다른 사람들을 환영하고, 만나고, 하나님께 감사하며, 그들을 위해 기도하고, 그들에게 귀 기울이고, 그들을 만지십시오. 당신은 무언가 해야만 합니다. 당신의 기분에는 그렇게 하고 싶지 않다는 것이 반드시 그들을 사랑하고 싶지 않다는 것을 의미하지는 않습니다. 그것은 그냥 감정이 없는 것입니다. 당신이 사랑하길 원하는 것과, 그 사랑하는 마음만큼 느끼지 못하는 것은 다른 것입니다. 당신이 감정 없이 할 때, 누군가가 그런 것은 위선적이라고 비판할 수 있습니다. 그러나 생각해보십시오. 당신이 하고 싶지 않을 때 왜 하는 것인가요? 진실은, 그런 행동이 영웅적이기 때문인가요? 아마도 처음에는 그럴 수 있습니다. 그러나 비록 감정이 없을 때라도, 신자로서 오랫동안 그렇게 하고 있다면 그것은 단지 예수님 때문에 한 것입니다. 사랑은 항상 흔적을 남깁니다. 당신은 흔적을 남기면서 사랑 안에서 성장하고 있는 것입니다.

책을 한 권 소개합니다. 기독교 상담학의 권위자 에드워드 웰치

(Edward T. Welch) 박사의 "우울증(Depression)"이라는 책입니다. 저도 이 책으로부터 많은 생각과 통찰력을 얻었습니다. 설교 준비할 때도 이 책을 많이 참고했습니다. 혹시 우울증에 관해 좀 더 깊게 보기를 원하는 분께 추천합니다. 이 책으로, 시간을 내어 숙고하고 묵상하며 자신을 상담해보시기 바랍니다. 우울증에 관해 다른 사람들에게 추천할 만한 아주 좋은 책입니다.

책을 열면 목차가 나오기 전, 페이지 첫 부분에 이렇게 쓰여 있습니다. "사랑하는 나의 아버지를 기억하며", "아버지는 제게 한 사람 안에 우울증과 사랑이 함께 존재할 수 있다는 것을 보여주셨습니다." 이 글을 읽을 때 매우 감동이 되었습니다. 에드워드 웰치가 본 아버지는 평생에 걸쳐 우울증과 싸웠던 것입니다. 비록 삶 속에서 우울증을 겪었지만 그는 여전히 다른 사람들을 사랑했던 것입니다. 매우 가능한 일이라고 저도 생각합니다. 크리스천의 삶이 그와 같을 수 있기 때문입니다. 물론 하나님의 사랑의 언약을 가졌으며, 항상 기뻐하고 범사에 감사하며 쉬지 말고 기도하라는 말씀을 받은 우리에게 심한 우울증은 일반적이라고 할 수 없습니다. 그러나 하나님의 은혜 안에서, 비록 우울한 중일지라도 우리는 사명을 감당할 수 있는 것입니다. 크리스천이라면 어떤 상황에서도 낙심하지 말고 하나님을 바라보아야 합니다. 그리고 매일 주님 앞에 믿음으로 나아가 모든 것을 쏟아놓을 때 문제를 해결받으며 하나님께 쓰임받을 수 있습니다.

우울증에 있는 사람들을 섬기고 사역하는 법을 배우십시오. 혹시 자신이 우울증을 겪고 있더라도 배우십시오. 다른 사람들을 사랑하고 섬기는 법을 배우십시오. 때때로 그것이 당신의 우울증을 극복하는 기쁨을 줄 것입니다.

이 책의 내용 중에 제 노트에 특별히 옮겨 적은 것이 있습니다. 우울증을 경험했던 사람들에게 질문을 던져 만들어진 목록입니다. 두 개의 서로 다른 목록이 있습니다. 〈우울증에 도움이 되지 않은 것은 무엇입니까?〉, 〈우울증에 도움이 된 것은 무엇입니까?〉라는 두 가지 질문에 따른 답변 내용입니다. 우리의 우울증을 극복하는 데 도움이 될 수 있는 자료입니다. 또한 우울증이 있는 다른 사람들에게도 도움을 줄 수 있습니다.

먼저 〈우울증에 도움이 되지 않은 것은 무엇입니까?〉에 대한 답변들입니다.

★ 이런 경우는 내게 도움이 되지 않았다.

① 나이 자녀들을 훈계할 때처럼, 나의 삶 속에서 피상적인 죄들만 찾았다. 특정한 죄악들에만 초점을 맞췄다. 나의 더 깊은 욕구를 자극하고 조종했던 죄를 찾아보지 않았다. "내가 진정 예수님을 신뢰하는가?" 그리고 "내가 무엇을 위해 그를 신뢰하는가?"와 같은 근본적인 질문은 시종일관 던지지 않았다.

② 나는 화가 났다. 그런데 내가 화난 것에 대해 아무도 말을 하지 않았다.

③ 나는 화가 났다. 그리고 사람들은 내가 화난 것이 당연하다고 말했다.

④ 나 자신을 더욱 사랑하라는 말을 들었다.

⑤ 나에 대한 나의 기대를 낮추는 것을 흔쾌히 여기라는 말을 들었다.

⑥ 사람들은 듣기도 전에 해답을 주었다. 모든 사람이 나에 대한 치료법을 가진 것처럼 보였다.

⑦ 사람들이 말을 너무 많이 했다.

⑧ 친구들은 자기 생각 속에 있는 어떤 것들은 말하지 않았다. 그들은 솔직하게 말하는 것을 두려워했다. 그 말을 듣기에는 내가 너무 연약하다고 생각했기 때문이다.

⑨ 사람들이 너무 열심히 노력했다.

두 번째, 〈우울증에 도움이 된 것은 무엇입니까?〉에 대한 답변입니다.

★ 이런 경우는 상황이 변하는 것처럼 느꼈다.

- 긍정적인 것을 원하기 시작했다는 것입니다.

① 나 자신에게 귀 기울이기보다 오히려 나에게 말하기 시작했다. 즉, 소망 없는 나 자신의 목소리에 귀 기울이기보다 성경 말씀들을 내게 말하기 시작했다.

② "그건 해봐도 소용이 없어"라고 말하는 것을 멈추었다. 그리고 항상 정답을 찾으려 노력했다. 그래서 기도했다(하나님과 일종의 거래를 하려고). 그리고 1-2분 동안 내 마음속을 살펴보았다. 또는 잠시라도 소위 영적인 활동이라는 다른 행위들을 시도해보았다. 효과가 없으면 이내 그만두곤 했다. 그만두는 것을 스스로 정당화했다. 그러나 이제, 이러한 것들도 효과가 있고 앞으로 잘 될 것이라고 믿는다. 믿음과 순종의 작은 걸음들이지만, 거기에 만족이 있다. 그리고 심지어 오랫동

안 지속되는 기쁨도 있다.

- 이렇게 하는 것이 진짜 도움이 될까요? 매우 도움이 됩니다. 믿음과 순종의 작은 걸음이 중요합니다.

③ 내 앞에 하나님 나라의 큰 그림을 계속 보여주시는 목사님이 계셨다. 우울증은 나의 세상을 너무나도 작게 만들었던 것이다. 그러나 하나님이 움직이시고 활동하고 계심을 깨달았을 때 나는 소망을 갖기 시작했다.

④ 나의 딸이 매우 아팠다. 이것이 나만의 세상 밖을 보게 만들었다.

- 이런 상황이 도움이 될까요? 우울증은 항상 여러분 각자의 세상 속에 있습니다. 그 세상은 우울증으로 인해 더욱 작아집니다. 그런데 딸이 병이 났을 때, 그는 자신이 아닌 다른 사람을 도와야 했던 것입니다. 우울증인 사람이 자기의 세계에만 있다가 비상시에는 다른 사람에게 눈을 돌려야 하게 되었다는 뜻입니다. 그래서 이것이 자신의 우울증

극복에 도움이 되었다는 말입니다.

⑤ 친구는 나를 포기하지 않았다. 그녀는 항상 나를 사랑했다. 그리고 항상 진리를 알려 주었다. 심지어 내가 예수님에 대해 듣기를 원치 않을 때도 그랬다.

⑥ 여자 친구는 내가 그녀의 믿음을 '빌릴 수 있게' 해주었다. 나의 믿음은 너무 약했다. 그러나 그녀는 하나님의 임재와 사랑에 대한 확신을 가지고 있다는 것을, 나는 항상 알고 있었다. 교회와 심지어 나에 대해서도 확신을 가지고 있었다.

- 오, 놀랍습니다.

⑦ 아버지를 용서했다.

⑧ 친구들로부터 슬픈 이야기들과 극복한 이야기들을 들었다.

⑨ 문제의 90%는 내 자존심의 문제임을 깨달았다. 그래서 어떤 이들로부터 어떤 것들을 당할만하다고 느꼈다. 결국 문제는 나에 대한 것이었다.

⑩ 나에 대해 잘 아는 친구는, 내가 순교자가 되고 있다고 말했다. 처음에는 충격을 받았지만 그녀가 날 사랑한다는 것을 알고 있었다. 그리고 그녀가 옳다는 것도 알았다.

- 순교자 증후군과 같은 심리로 내가 우울증에 빠져 있다는 사실을 친구가 솔직히 알려주었다는 뜻입니다. *(역주-순교자 증후군: 부정적 심리로 자신의 환경을 지배하고 조종하기 위해 '자기희생'과 '고통'을 이용하는 사람을 설명하는 단어입니다. 흔히, 도움을 받을 수 없다는 감정과 함께 자신이 희생자라는 심리 안에 갇히게 되는 것을 포함합니다. 순교자 증후군이 되면 무엇이든지 부정적으로 생각하며, 무두셀라 증후군과 반대로 주로 나쁜 기억만 되살립니다.)*

⑪ 나는 전쟁 중이라는 것을 믿기 시작했고, 싸워야만 한다는 것을 알았다.

⑫ 단지 내가 당한 것이 아니라 오히려 내가 행하고 있었던 것을 깨달았다. (우울증을 일으킨 주체가 나였음을 깨달았다.) 예를 들어, 나는 화를 내고 있었다. 즉, 엄청나게 불평하고 있었다. 내 마음속에서 나는 내가 원하는 것을 하고 있었던 것이다.

⑬ 약물 치료.

- 증상을 완화하는데 때때로 도움이 됩니다.

⑭ 친구는 내가 '해야만 한다(의무감)'의 폭정에서 벗어나 은혜의 복음으로 살 수 있게 옮겨 가도록 도와주었다.

⑮ 나의 해석은 틀리기 쉽다는 것을 깨달았다. 나는 막대한 오해들을 가지고 있으며, 수많은 무고죄를 만들고 있었다.

⑯ 나는 나 자신이 성경 말씀을 읽고 귀를 기울이게 만들기 시작했다.

⑰ 하나님의 은혜를 이해하기 시작했다. 죄책감 속에 허우적대는 내 모습은 율법주의와 같이 자기 의를 높이는 한 형태이며, 경건한 슬픔이 아니었다는 것을 보기 시작했다.

⑱ 나의 죄를 보는 것이 유익함을 알았을 때, 나는 스스로에게 말하기 시작했다. "의심스러우면 회개하라!"

⑲ 나는 결심했다.

⑳ 나는 하나님이 사용하시는 것이 무엇인지 정말 몰랐다. 수많은 작은 것이었다.

7. 절대로 포기하지 마십시오!

마지막 권면입니다. 매우 중요합니다.

"절대 포기하지 마십시오!"

왜냐하면 성경이 말씀하시기 때문입니다.

[22] 여호와의 **인자, 인자, 인자**, **인자**와 **긍휼, 긍휼, 긍휼, 긍휼**이 **무궁, 무궁, 무궁, 무궁, 무궁**하시므로 우리가 진멸되지 **아니, 아니, 아니, 아니, 아니, 아니함**이니이다 [23] 이것들이 **아침마다, 아침마다, 아침마다, 오늘, 내일, 모래, 글피, 그글피, 그그글피, 아침마다** 새로우니, 주의 **성실, 성실, 성실, 성실**하심이 크시도소이다 애 3:22-23

예레미야애가 3장 22-23절 말씀에 대한 **저의 번역**입니다. 하나님은 절대로 당신을 포기하시지 않습니다. 그리고 극복할 힘주시는 일을 절대로 그만두시지 않습니다. 피곤하고 무거운 짐 진 자들이여, 빈손의 믿음으로 그의 자비를 받으십시오. 누군가 지금 울고 있습니다. 오늘 당신의 믿음을 빌려주어야 할지 모릅니다. 환자의 믿음을 도와서 믿음으로 지붕을 뚫고 중풍병자를 달아 내려,막 2:4 예수님께 고침을 받을 수 있게 했던 사람들처럼, 당신의 믿음이 오늘 누군가에게 필요할지 모릅니다. 하나님이 변함없는 사랑으로 당신을 채우실 것입니다. 우리의 눈물방울이 아무리 많다 하더라도 하나님의 은혜의 바다에는 비할 바가 못 된다는 것을 압니다. 하나님의 사랑은 강물과 같이 흐릅니다. 당신은 길입니다. 그가 당신에게 흘려보내실 것입니다. 극복하십시오! 그러면 그 은혜가 흘러넘쳐 당신을 통해 다른 사람들에게 흘러갈 것입니다. **절대로 포기하지 마십시오. 변화가 보장되어 있습니다.**

기도

모두 주님께 기도하는 시간을 갖겠습니다. 감사하십시오. 찬양하십시오. 우리는 현실에 무지했지만, 이제 참된 현실을 보고 놀라고 있습니다. 주님 **감사**합니다.

여러분, 이제 선택하십시오. 단지 듣지만 말고 말하십시오. 지금도 변함없는 주님의 사랑은 결코 멈추지 않습니다. 당신 자신을 믿지 마십시오. 그리고 소망 없이 당신 자신을 너무 작게 만들지 마십시오.

전능하신 왕께서 당신을 축복하시고 사용하시길 원하십니다. 분명히 당신을 축복하시고 사용하실 것입니다. 당신은 우울증의 작은 칸막이 안에서 사는 것보다 믿을 수 없이 거대한 일들을 위해 만들어졌습니다. 당신의 이기적인 기대들을 제거하고 소망을 가지는 법을 배우십시오. 당신이 만들어낸 스토리들을 고치십시오. 픽션을 버리십시오. 그리고 당신 자신을 오직 하나뿐인, 예수 그리스도의 진실한 스토리, 영원한 실화에 맡기십시오. 당신은 당신 자신만을 위해 사는 것보다 훨씬 더 위대하게 창조되었습니다.

우리가 왜 살아있습니까? 사랑에 헌신하십시오.

이 시간 주님께 기도드리겠습니다.

Sermon 2

세미한 음성으로 찾아오시는 하나님: 영적 우울증

세미한 음성으로 찾아오시는 하나님: 영적 우울증

왕상 19:1-16

[1] 아합이 엘리야가 행한 모든 일과 그가 어떻게 모든 선지자를 칼로 죽였는지를 이세벨에게 말하니 [2] 이세벨이 사신을 엘리야에게 보내어 이르되 내가 내일 이맘때에는 반드시 네 생명을 저 사람들 중 한 사람의 생명과 같게 하리라 그렇게 하지 아니하면 신들이 내게 벌 위에 벌을 내림이 마땅하니라 한지라 [3] 그가 이 형편을 보고 일어나 자기의 생명을 위해 도망하여 유다에 속한 브엘세바에 이르러 자기의 사환을 그 곳에 머물게 하고 [4] 자기 자신은 광야로 들어가 하룻길쯤 가서 한 로뎀 나무 아래에 앉아서 자기가 죽기를 원하여 이르되 여호와여 넉넉하오니 지금 내 생명을 거두시옵소서 나는 내 조상들보다 낫지 못하니이다 하고 [5] 로뎀 나무 아래에 누워 자더니 천사

가 그를 어루만지며 그에게 이르되 일어나서 먹으라 하는지라 [6] 본즉 머리맡에 숯불에 구운 떡과 한 병 물이 있더라 이에 먹고 마시고 다시 누웠더니 [7] 여호와의 천사가 또 다시 와서 어루만지며 이르되 일어나 먹으라 네가 갈 길을 다 가지 못할까 하노라 하는지라 [8] 이에 일어나 먹고 마시고 그 음식물의 힘을 의지하여 사십 주 사십 야를 가서 하나님의 산 호렙에 이르니라 [9] 엘리야가 그 곳 굴에 들어가 거기서 머물더니 여호와의 말씀이 그에게 임하여 이르시되 엘리야야 네가 어찌하여 여기 있느냐 [10] 그가 대답하되 내가 만군의 하나님 여호와께 열심이 유별하오니 이는 이스라엘 자손이 주의 언약을 버리고 주의 제단을 헐며 칼로 주의 선지자들을 죽였음이오며 오직 나만

남았거늘 그들이 내 생명을 찾아 빼앗으려 하나이다 [11] 여호와께서 이르시되 너는 나가서 여호와 앞에서 산에 서라 하시더니 여호와께서 지나가시는데 여호와 앞에 크고 강한 바람이 산을 가르고 바위를 부수나 바람 가운데에 여호와께서 계시지 아니하며 바람 후에 지진이 있으나 지진 가운데에도 여호와께서 계시지 아니하며 [12] 또 지진 후에 불이 있으나 불 가운데에도 여호와께서 계시지 아니하더니 불 후에 **세미한 소리**가 있는지라 [13] 엘리야가 듣고 겉옷으로 얼굴을 가리고 나가 굴 어귀에 서매 소리가 그에게 임하여 이르시되 엘리야야 네가 어찌하여 여기 있느냐 [14] 그가 대답하되 내가 만군

의 하나님 여호와께 열심이 유별하오니 이는 이스라엘 자손이 주의 언약을 버리고 주의 제단을 헐며 칼로 주의 선지자들을 죽였음이오며 오직 나만 남았거늘 그들이 내 생명을 찾아 빼앗으려 하나이다 [15] 여호와께서 그에게 이르시되 너는 네 길을 돌이켜 광야를 통하여 다메섹에 가서 이르거든 하사엘에게 기름을 부어 아람의 왕이 되게 하고 [16] 너는 또 님시의 아들 예후에게 기름을 부어 이스라엘의 왕이 되게 하고 또 아벨므홀라 사밧의 아들 엘리사에게 기름을 부어 너를 대신하여 선지자가 되게 하라

들어가며

주님을 찬양합니다. 여러분의 삶 속에, 하나님을 높이는 찬양이 항상 넘치기를 기도합니다.

비틀스의 노래 중에 '길고 굴곡진 길 (The Long and Winding Road)'이라는 노래가 있습니다. 사랑하는 여인에게 가는 길이 길고도 굴곡지다고 노래하고 있습니다. 세상의 노래이지만, 우리의 인생길을 이야기하는 듯합니다. 또한 이 노래는 "나를 당신에게로 인도해주오"

라고 말하고 있습니다. 이 노랫말의 의미와 다르지만, 우리의 인생길도 분명한 방향이 있습니다. 우리의 길은 험하지만, 반드시 그리스도께로 향한 길입니다. 따라서 이 길은 하나님의 목적을 위해 살도록 우리를 이끌 것입니다.

인생길은 직선이 아닙니다. 구부러지고 험한 길입니다. 우리는 인생길을 가면서 오르락내리락, 넓었다, 좁았다 하는 길을 통과할 것입니다. 온갖 모양의 길이 있을 것입니다. 그러나 우리는 이미 하나님의 말씀으로 종착점을 압니다. 하나님이 그곳을 향해 우리를 항상 인도하실 것입니다. 그래서 이 길을 가면서 우리는 점점 그리스도를 닮아갈 것입니다. 하나님께 영광을 돌릴 것이며 다른 사람들을 주님께로 이끌 것입니다. 그러므로 이 길에 적응하는 법, 어려움을 극복하는 법을 배워야만 합니다.

우리의 인생은 쉽지 않습니다. 종류는 달라도 엘리야가 겪은 것과 같은 어려운 일들을 통과할 것입니다. 그런데 오늘 본문에서 이 하나님의 사람, 놀라운 선지자의 신앙에 기복이 크게 나타납니다. 열왕기상 18장에서 우리는, 여호와의 불이 내리고, 엘리야가 450명의 바알 선지자를 물리치며, 기도할 때 큰 비가 내리는 영광스럽고 위대한 장면을 보았습니다. 그런데 오늘 본문 19장에서 엘리야는 우울증을 경험합니다. 그의 실패와 연약함을 볼 수 있습니다. 어떻게 이런 사람이 초자연적인 여호와의 불이 내리도록 하는 사역을 감당했을까요?

그렇습니다. 우리는 모두 연약한 존재입니다. 그러나 우리에게는 경이롭고 위대하신 하나님이 계십니다. 그러므로 인생에서 성하고 쇠함을 겪으며 어렵고 힘든 시간을 보낼 때도 넉넉히 이길 수 있습니다. 엘리야의 모습을 보면서 이것을 제대로 이해해야 합니다. 그저 "엘리야도 이랬어! 나도 괜찮아!"라는 식으로 기운을 내보려는 데서만 그치면 안 됩니다. 오늘의 본문에서 어려운 시절에 인내하는 법, 굴곡지고 험한 길을 극복하는 법을 배울 수 있습니다.

엘리야는 아합의 부인 이세벨로 인한 생명의 위협을 무서워합니다. 두려워서 이번에는 도망칩니다. 하나님의 위대한 사람일지라도 이같이 인생의 성하고 쇠함을 모두 겪습니다. 본문에서 엘리야는 아마도 심히 우울합니다. 그러나 오늘 우리는 엘리야를 보면서 고되고 울적한 시절을 극복하는 방법을 발견할 것입니다.

두 가지로 나누어 살펴볼 것입니다.

첫 번째는, '우울한 엘리야'에 관한 것입니다.

엘리야의 우울증에 관한 여덟 가지 이유와 이에 대한 하나님의 처방에 관해 생각할 것입니다.

두 번째는, '하나님께서 엘리야를 치료하신 방법'에 대한 것입니다. 여기서는 하나님께서 엘리야를 다스리시는 법을 보기 위해 네 가지로 나누어 이야기할 것입니다.

I. 엘리야는 우울합니다. [왕상 19:1-4]

우울증의 여덟 가지 이유와 하나님의 처방을 살펴보겠습니다.

1. 두려움 - 이름 [3절]

우울함의 첫 번째 이유는 **두려움**이었습니다. 그래서 하나님은 그의 **이름**을 부르십니다.

> **그가 이 형편을 보고(Elijah was afraid)** 일어나 자기의 생명을 위해 도망하여 왕상 19:3

열왕기상 18장에서 참으로 두려움이 없었던 엘리야의 모습을 생각하면 매우 이상합니다. 그는 450명의 바알 선지자들과 400명의 아세라 선지자들을 대항하여 두려움이 없었습니다. 그는 이스라엘의 하나님, 우주의 하나님께 대한 믿음으로 모든 것을 극복합니다. 그런데 19장에 와서 엘리야는 한 여성을 두려워합니다. 수많은 남성 앞에서 두려움이 없었던 엘리야가 이세벨 한 명을 두려워합니다. 목숨을 걸고 사명을 감당했던 엘리야가 지금 두려워한다는 것은 믿기 어려운 것이 사실입니다. 그러나 우리도 이런 일들을 겪습니다.

신혼 초 아내를 사랑하며 즐거워하기만 했던 남편이, 몇 년 후 아내를 무서워합니다. 두려움은 주관적이기 때문입니다. 객관적으로는 아무것도 아닐 수 있지만 우리는 주관적으로 두려워합니다. 나와 가장 친하며 사랑하는 아내도 두려워할 수 있습니다. 이처럼 두려움은 주관적이면서 또한 일시적인 감정입니다. 하나님을 의지할 때 담대했던 엘리야도 일시적으로 이세벨을 두려워했습니다. 이 두려움의 감정은 비논리적입니다. 엘리야는 이전에 하나님이 그의 생명을 주관하심을 명백히 체험하여 알고 있었습니다. 하나님은 온 우주의 하나님이십니다. 엘리야는 그 하나님을 신앙했지만 이 순간 두려움 속에 있었습니다. 엘리아는 잘못된 대상을 보고 있었던 것입니다. 그는 하나님이 아니라 이세벨을 보고 있었습니다. 이세벨이 강한 여자이므로 나를 죽일 수 있다고 생각했습니다. 그러나 하나님은 비교할 수 없이 위대하십니다. 이 세상의 모든 것을 다 합하여도 비할 수 없습니다. 그럼에도 불구하고 걱정이나 두려움으로 잘못된 대상을 주목하면, 우리는 일정 기간, 오랫동안도 우울해질 수 있습니다.

우리는 두려우면 도망갑니다. 반대로 담대하면 맞섭니다. 그런데 "몸은 죽여도 영혼은 능히 죽이지 못하는 자들을 두려워하지 말고 오직 몸과 영혼을 능히 지옥에 멸하실 수 있는 이를 두려워하라" 마 10:28 라고 예수님께서 말씀하셨습니다. 우리가 두려움에 맞서는 비결입니다.

그래서 하나님은 두려워하는 엘리야의 이름을 부르십니다. **엘리**

야의 이름은, **'여호와는 하나님이시라'** '여호와'라는 이름은 '변치 아니하시고 계시다'라는 뜻인데 그것은 흔히 '그의 말씀하신 바를 변치 아니하시고 그대로 지키신다'라는 뜻으로 사용됩니다. 즉, '하나님은 위대하시다' '하나님은 놀라우신 하나님' '오직 하나님이 우리의 하나님'이란 뜻입니다. 하나님은 엘리야에게 자신의 이름을 주신 것입니다. 엘리야에게 그리고 엘리야로 하나님을 알리셨습니다.

성경이 기록되던 계시 시대에는 선지자들이나 사도들에게 그리고 일반 성도들에게도 하나님께서 그들의 이름을 불러 말씀하신 경우가 많았습니다. 하나님이 그들의 이름을 부르신 목적은 그들로 하여금 하나님의 사랑을 실감하게 하려는 것이었습니다. 하나님은 그들의 이름과 그들의 생활을 다 아시며, 사랑하시며, 또 지도하셨습니다.

2. 배신 - 친구 [1-2절]

엘리야가 우울해진 두 번째 이유는 **배신**입니다. 그래서 하나님은 엘리야의 **친구**가 되어 주십니다.

엘리야는 아합을 상대로 사명을 감당해왔습니다. 아합은 엘리야에게 사역의 대상이었습니다. 열왕기상 18장에서, 겉으로만 보면 아합과 엘리야가 가까운 사이가 된 듯이 보입니다. 아합은 엘리야의 말을 듣고 그가 말한 대로 사람들을 모아 줍니다. 바알 선지자들을 갈멜산으로 모이도록 명령을 내렸습니다.왕상 18:20 엘리야의 사역을 진심으로 도운 것처럼 보입니다. 그러나 엘리야를 만나기만 하면 죽이려던 아합이 이렇게 한 것은 그의 의도가 아니라 오직 하나님의 권능으로 된 일입니다. 19장 1절에 아합이 이세벨에게 모든 것을 보고하는 장면이 나옵니다.

> 아합이 엘리야가 행한 모든 일과 그가 어떻게 모든 선지자를 칼로 죽였는지를 이세벨에게 말하니 왕상 19:1

이것은 아합이 하나님의 놀라운 기적적 역사를 증거한 것이 아니라 다만 엘리야를 반대하는 의도뿐이었던 것입니다. 그래서 아합의 말을 들은 이세벨은 엘리야에게 사신을 보냅니다.

> 이세벨이 사신을 엘리야에게 보내어 이르되 내가 내일 이맘때에는 반드시 네 생명을 저 사람들 중 한 사람의 생명과 같게 하리라 그렇게 하지 아니하면 신들이 내게 벌 위에 벌을 내림이 마땅하니라 한지라
>
> 왕상 19:2

"네가 나의 선지자들을 죽였으니 나도 너를 죽일 것이다. 나의 신들이 너를 죽일 것이다"라는 말입니다.

아합이 엘리야의 말을 귀 기울여 듣고 순종하는 것처럼 보였습니다.18장 그래서 엘리야는 부흥이 올 것이라고 기대하며 흥분했습니다. 그러나 아합은 이세벨에게 복종하는 것을 우리가 봅니다. 엘리야는 아합을 상대로 진심과 정성으로 사역했지만, 오늘 본문에서 일종의 배신을 보는 것입니다. 그래서 엘리야는 배신감을 느꼈습니다. 이미 경험해보신 분들이 있을 것입니다. 인간관계에서 갈등이 생길 때 우울해지는 경우가 많습니다. 부모와의 관계, 배우자와의 관계, 형제와의 관계, 자녀와의 관계, 친구와의 관계 속에서 어떤 종류의 배신이나 갈등을 겪을 때 우울함에 빠지기도 하는 것입니다.

여호와의 능력이 엘리야에게 임하매 그가 허리를 동이고 이스르엘로 들어가는 곳까지 아합 앞에서 달려갔더라 왕상 18:46

이 구절을 보면 엘리야가 사역의 대상, 아합왕을 사랑한다는 사실이 드러납니다. 그것은 그가 아합 앞에서 뛰어가면서 그를 보호한 행동입니다. 그는 이때도 아합의 회개를 바란 것입니다. 그러나 아합은 엘리야의 기대와 달랐습니다.

성경은 우리에게 사람들을 사랑하라고 말씀하시지만, 사람을 반드시 신뢰하라고 하시지는 않습니다. 사람은 사랑의 대상이지 신뢰의 대상은 아닙니다. 사람을 의지하지 말라는 뜻입니다. 이것은 다른 사람을 사랑하여 믿어주는 것과는 다른 말입니다. 우리가 진정 다른 사람을 사랑하여 믿어주는, 고린도전서 13장의 사랑과 같은 사랑을 했다면 믿어준 대상의 모습이 혹시 우리의 기대와 다르더라도 낙심하지 않습니다. 예수님의 사랑이 바로 그것이기 때문입니다.

사람은 우리에게 상처를 주고 우리를 배신할 것입니다. 곧, 그것이 인생의 한 부분입니다. 그런데 의지하거나 믿었던 가까운 사람이 우리에게 상처를 줄 때 그것은 상처 그 이상입니다. 우울증의 이유가 될 수 있는 이러한 것들을 하나님이 치료하시는 것을 오늘 볼 것입니다.

3. 외로움 - 임재 [3절]

엘리야는 **외로웠습니다**. 그래서 하나님은 그가 혼자 있는 곳에 **임재하셨습니다**.

… 자기의 사환을 그 곳에 머물게 하고 왕상 19:3

… 오직 나만 남았거늘 … 왕상 19:10

"오직 나만 남았거늘" 자기의 인생길이 고독하고 오랜 여정이라고 느끼고 있습니다.

길고 굴곡진 인생길에서 우리는 자주 외로움을 느낍니다. 때때로 사람이 가득한 방에 있을 때라도 외로움을 느낄 수 있습니다. 인생에서 가끔 그런 시간을 통과해야 할 것입니다. 그래서 서로 도와야 합니다. 다른 사람들을 도와야 합니다. 그러나 궁극적으로 우리의 인생에 대한 책임은 우리 자신에게 있습니다. 우리는 각자 홀로 걷고 있습니다. 어떤 면에서는 함께 걷고 있지만, 모두 혼자 걷습니다. 우리는 자기 혼자에 익숙합니다.

그런데 혼자서 외로움을 느낄 때는 자기중심적이기 때문입니다. 모든 초점이 자기에게 맞추어져 있어서 이기적이기 때문입니다. 엘리야도 마찬가지입니다. 너무 많이 '나'를 강조합니다. 오늘 본문에서 엘리야는, **내가** 두렵고, (**내가**) 넉넉하오니, **내** 생명, **내** 조상들, (**내가**) 낫지 못하고, (**내가**) 죽기를 원하오니 등 이기적입니다. 온통 자기에게 초점이 맞추어져 있습니다. 오랜 기간 자기중심으로 살 때 우리는 우울해지게 됩니다.

우리는 이러한 이기심을 극복하는 법을 배워야 합니다. 그러면 자신을 통제할 수 있습니다. 거울을 보는 것을 멈추고 자기 자신에 대해 너무 많이 생각하는 것을 멈추십시오. 자신을 다스리는 법을 배우십시오. 자신을 바로 보는 법을 배우십시오. 자신을 바로 잡으십시오. 당신을 절대 버리지 않으시고 떠나지 않으시는 하나님의 임재 앞에 나아가 외로움을 극복하십시오. 이기심을 굴복시키면 자신을 굴복시킬 수 있습니다. 자기의 시선을 자기에게서 떼어내는 법을 배우십시오. 눈을 들어 하나님을 바라보십시오. 오늘 본문에서 하나님이 자신의 임재를 엘리야에게 나타내심을 볼 수 있습니다. 우리도 하나님께 소망을 두면 하나님의 임재를 늘 체험할 수 있습니다.

4. 기진맥진 - 휴식 [4절]

엘리야는 **기진맥진**했습니다. 그때 하나님은 **휴식**을 주십니다.

로뎀 나무 아래에 앉아서 자기가 죽기를 원하여 이르되 여호와여 **넉넉하오니** 지금 내 생명을 거두시옵소서 나는 내 조상들보다 낫지 못하니이다 왕상 19:4

여기 "넉넉하오니"가 영어 성경[NIV]에는 "I have had enough." 라고 되어 있습니다. "이제 됐습니다(충분합니다 그만 하겠습니다)"라는 뜻입니다. 엘리야는 많은 일을 했습니다. 그는 육체적으로, 감정적으로, 영적으로 고갈을 느끼며 탈진한 상태였습니다. 이같이 느껴본 적이 있는 분도 많을 것이라 생각합니다. 저는 매 주일마다 이처럼 느낍니다. 주일 밤이 되면 정말 기진맥진합니다. 주일 날 설교할 때면 제 자신의 모든 것을 쏟아 붓습니다. 그러고 나면 월요일 새벽 기도에 갈 때까지는 아무것도 남지 않은 것처럼 느낍니다. 육체적으로 탈진하는 것은, 특별히 우리 몸의 가장 기본적인 요구에 대한 공급이 필요한 상태입니다. 이럴 때 우울해지기 쉽습니다. 탈진은 우울증과 관계가 있습니다. 우리는 때때로 육체적으로, 감정적으로, 영적으로 기진맥진할 수 있습니다. 엘리야가 기진맥진했을 때 하나님은 휴식을 주십니다. 이에 관해서 후반에 좀 더 말씀을 나누겠습니다.

5. 자기혐오 - 하나님의 인정 [4절]

엘리야가 우울해진 다섯 번째 이유는, **자기혐오**입니다. 그러나 원대한 계획과 사랑으로 엘리야를 사용하신 하나님은 그가 **하나님의 인정하심**을 깨닫게 하십니다.

… 나는 내 조상들보다 낫지 못하니이다 … 왕상 19:4

이스라엘 역사를 보면 변함없이 악하여 죄를 범합니다. 따라서 엘리야가 이렇게 말할 때, 나는 조상들보다 더 나쁘다는 뜻입니다. 그는 자신을 싫어하고 있습니다. 자신의 가치가 없다고 생각합니다. 초점이 자기에게 맞춰져 있습니다. 우리가 자신을 싫어할 때 스스로 미워하게 됩니다. 그러면 우울해집니다.

일이 잘 안 될 때, 우리는 많은 것을 싫어합니다. 곧, 환경, 사람들, 하나님, 나 자신, 나의 외모 등입니다. 여기서 자기 자신을 싫어하는 것은 근본적으로 자기 존재에 대한 혐오가 아닙니다. 자신이 가진 어떤 특징들에 대한 혐오입니다. 우리는 여전히 자신을 깊게 사랑합니다. 여전히 높아지기를 원하고 여전히 원하는 것을 가지고 싶어합니다. 그러나 자신의 어떤 특성 때문에, 일례로 외모나 지식, 특정한 능력 등의 결핍으로 인해 사랑할 수가 없는 것입니다. 이는 역시 자기 자신에게 초점을 맞추어서 그렇습니다. 자만심이 강해서 그렇습니다. 자기를 사랑해서 그렇습니다. 스스로 높아서 그렇습니다. "나는 끔찍해, 나는 내가 싫어!" 이렇게 말하는 것은, 오히려 나는 내가 원하는 것을 정말 갖고 싶다는 뜻입니다. 자기를 너무 사랑하기 때문입니다. 이 때문에 우리 교회에서 높은 자존감과 낮은 자존감에 관해 배우는 것입니다. 자신이 원하는 좋은 특성을 가졌을 때 높은 자존감을 느끼게 되며, '나는 이런 사람이야! 나는 멋져!'라고 생각합니다. 높은 자존감에 있을 땐, '나는 너보다 나아'라고 생각합니다. 반면 낮은 자존감에 있으면, '내가 너보다 못해, 그러나 나는 너보다 낫기를 원해!'라는 마음을 갖습니다. 따라서 질투심이나 부러움을 느낍니다. '나는 최악이야, 나는 아무것도 아니야, 나는 내가 너무 싫어! 나는 나 자신을 증오해!' 이렇게 생각하기도 합니다. 낮은 자존감의 소유자도, 여전히 자신을 사랑하지만 자신이 가진 특징을 싫어하는 것입니다. 내가 가진 성품, 개성, 외모, 능력 등의 어떤 특징이 싫다는 뜻입니다. 이처럼 자기가 원하는 것을 갖지 못하면 낮은 자존감에 있게 되는 것입니다.

다시 말하지만, 높은 자존감, 낮은 자존감 둘 다 근본적으로는 자만심이 강한 것을 뜻합니다. 자기에게 초점이 맞추어진 것입니다.

높은 자존감을 가졌다가도 마치 진자 운동처럼 매우 빠르게 낙심할 수 있습니다. 낮은 자존감의 상태에 이르면 자신의 가치를 과소평가합니다. '나는 아무것도 아니야, 나는 나의 조상들보다 낫지 않아.' 이것은 낙심과 우울증의 신호입니다. 바로 엘리야처럼, 우리 자신을 다른 사람들에게 비교하기 시작합니다. 업적, 재능을 비교하고 심지어 고통과 문제점들도 비교합니다. 잘못된 길로 접어들게 됩니다. 비교하기 시작하면 점차로 자신에게 더욱 비판적이 됩니다. 스스로 정죄합니다. 사사건건 자신에게 매우 비판적이 됩니다. 자기에게 최악의 비평가가 됩니다. 성경에 따르면, 자신에게 비판적이 되는 것은 자신에게 인정받고 다른 사람들에게 인정받기 원하기 때문이라고 합니다. 우리는 대부분 인정받는 것에 대해 염려합니다. 곧, 다른 사람들로부터의 인정이나 스스로의 인정입니다.

그러나 성경은 말씀합니다. 진정 우리가 생각해야 할 인정은 하나님의 인정입니다. 옳다 인정함을 받는 자는 자기를 칭찬하는 자가 아니요 오직 주께서 칭찬하시는 자니라 고후 10:18 혹시 사람들이 당신을 싫어하여 인정받지 못함을 느낄 때 하나님이 당신을 인정하신다면 결국 아무 문제가 없는 것입니다. 스스로 자신을 싫어해도 **하나님이 나를 사랑하시면 아무 문제가 없는 것입니다.**

로마서 8장은 말씀하시길, 그리스도 예수 안에서는 결코 정죄함이 없다고 합니다.

그러므로 이제 그리스도 예수 안에 있는 자에게는 결코 정죄함이 없나니 롬 8:1

다른 사람들이 나를 정죄할 수 없습니다. 그런데 당신이 그리스도 예수께 달려가지 않고, 스스로 정죄하면 그것도 하나님 앞에서 죄입니다. 당신을 정죄하실 수 있는 유일한 분은 하나님이시기 때문입니다. 그런 상황에서 당신은 스스로 하나님이 되려고 하는 것입니다. 우리는 결코 스스로도 정죄할 수 없습니다. 스스로 정죄할 때면 바로 회개하십시오. 그리스도께 달려가십시오. 계속 그리스도께 가십시오. 그리고 예수님을 찬양하십시오. 그가 바로 당신의 가치입니다. 자신의 가치를 과소평가하지 마십시오. 스스로 비하하지 마십시오. 그동안 감당한 사명을 비하하지 마십시오. 자신의 사명을 저평가하지 마십시오. 하나님을 찬양하십시오. 하나님이 내 안에 행하신 모든 것, 나를 통해 이루신 모든 것을 감사하십시오. 우리가 그렇게 하지 않으려는 이유는 세상적 결과물이 없기 때문입니다. 그러나 우리는 출세하라고 부름을 받은 것이 아니라 충성하라고 부름을 받은 자들입니다. 계속해서 그리스도께 달려가십시오. 하나님이 당신을 사랑하시고 인정하십니다. 계속 맡은 일에 충실히 행하십시오. 환영을 받든지 못 받든지 상관없이 충성을 다하십시오. 사람들로부터 감사를 받든지 못 받든지 상관없이 계속 섬기고 봉사하십시오. 그것이 하나님께서 원하시는 것입니다. 하나님이 기뻐하시며, 우리에게 감당할 수 있는 힘을 주십니다.

> 너희 안에서 행하시는 이는 하나님이시니 자기의 기쁘신 뜻을 위하여 너희에게 소원을 두고 행하게 하시나니 빌 2:13

> 그 주인이 이르되 잘하였도다 착하고 충성된 종아 네가 적은 일에 충성하였으매 내가 많은 것을 네게 맡기리니 네 주인의 즐거움에 참여할지어다 하고 마 25:21

> 지극히 작은 것에 충성된 자는 큰 것에도 충성되고 지극히 작은 것에 불의한 자는 큰 것에도 불의하니라 눅 16:10

> … 네가 죽도록 충성하라 그리하면 내가 생명의 관을 네게 주리라 계 2:10

> … 이스라엘의 하나님은 그의 백성에게 힘과 능력을 주시나니 하나님을 찬송할지어다 시 68:35

피곤한 자에게는 능력을 주시며 무능한 자에게는 힘을 더하시나니 사 40:29

[10] 여호와는 말의 힘이 세다 하여 기뻐하지 아니하시며 사람의 다리가 억세다 하여 기뻐하지 아니하시고 [11] 여호와는 자기를 경외하는 자들과 그의 인자하심을 바라는 자들을 기뻐하시는도다 시 147:10-11

6. 죽고 싶은 욕구 - 변화됨 [4절]

엘리야가 우울하게 된 여섯 번째 이유는 **죽고 싶은 욕구**입니다. 하나님의 은혜로 **변화됩니다**.

> 로뎀 나무 아래에 앉아서 자기가 죽기를 원하여 이르되 여호와여 넉넉하오니 **지금 내 생명을 거두시옵소서** 나는 내 조상들보다 낫지 못하니이다 왕상 19:4

이 상황에서 엘리야는 매우 우울했습니다. 그에게는 지금 죽는 것이 덜 고통스러운 것입니다. 오히려 기쁠 것 같습니다. 죽는 것이 도리어 더 행복할 것 같습니다. 그만큼 그는 지금 너무나 비참하게 느낍니다. 이 고통을 없앨 수 없는 한 차라리 죽고 싶습니다. 지금 엘리야에게는 계속 살아갈 이유가 없습니다. (단, 여기서 엘리야는 자살 충동과는 상관이 없습니다. 엘리야의 말에 담긴 속마음과 영적인 의미에 관해서는 뒤에서 자세히 말씀드리겠습니다.) 이때 하나님이 어떻게 하십니까? **엘리야의 마음을 변화시키십니다.**

엘리야가 자신에 대해 비판적일 때 하나님은 일면 동의하실 것입니다. "맞아, 너는 지금 형편없어." 우리가 자책하거나 자기를 미워할 때 우리의 실체를 아시는 하나님은 실제로 그렇게 보실 수 있습니다. 사실 우리는 우리가 생각하는 것보다 더 나쁘기 때문입니다. 엘리야처럼 "나의 조상들보다 못합니다"라고 할 때 그렇습니다.

그러나 아십니까? 당신은 지금 **예수 그리스도 안에 있습니다**. 우리를 위해 대신 죽으시고 부활하신, 예수 그리스도 안에 있으면 변화될 수 있습니다. 그것이 우리의 삶 속에서 이루시는 것입니다. 하나님이 그렇게 하십니다. 엘리야의 마음을 바꾸십니다. 단지 살아남아야 되겠다고 하는 동기를 부여하시는 것이 아니라 하나님의 영광을 위해 계속 살아야 한다는 동기를 주십니다. 그리하여 엘리야는 변화된 마음으로 하나님의 영광을 위해 자신의 삶을 계속합니다. 여러분 아십니까? 사실, 그는 절대 죽지 않습니다. 구약에 기록된, 결코 죽지 않은 두 사람 중의 하나가 엘리야라는 사실은 아이러니합니다. 에녹과 엘리야는 죽음을 보지 않았습니다. 하나님은 생명을 거두어 달라고 요구했던 엘리야의 마음을 변화시키셨고, 그는 한 번도 죽지 않은 사람이 되었습니다. 그는 항상, 하나님을 위해 살기 원했습니다.

저는 자살을 심각하게 고려하는 많은 사람을 상담했습니다. 마땅히 여러분은 자살에 대해 절대로 생각하지 말아야 합니다. 나의 생명은 나의 것이 아니기 때문입니다. 그리스도의 피로 값 주고 사신 바 된 당신이 할 일은 자기 사랑을 멈추는 것입니다. 우리는 고통을 원하지 않습니다. 그러면서 자기 사랑으로 인해, 이기적 욕구에서 원하는 것이 많습니다. 그런데 원하는 것을 얻지 못하는 것은 고통이 됩니다. 결국, 자기 사랑은 고통을 낳을 뿐입니다.

역설적으로 우리가 할 수 있는 가장 이기적인(?) 자기 사랑은 우리의 생명을 주님께 드리는 것입니다. 주님은 우리가 상상할 수조차 없는 영광스러운 모습으로 우리를 변화시키실 수 있기 때문입니다.

7. 목적 없음 - 사명 [4절]

엘리야가 우울해진 일곱 번째 이유는 **목적을 잃은 것**입니다. 그래서 하나님은 엘리야가 하나님을 위해 살 수 있도록 **사명**을 주십니다.

> 로뎀 나무 아래에 앉아서 자기가 죽기를 원하여 이르되 여호와여 넉넉하오니 지금 내 생명을 거두시옵소서 나는 내 조상들보다 낫지 못하니이다 왕상 19:4

엘리야는 더 이상 살고 싶지 않다고 합니다. "내 생명을 거두시옵소서"라고 말합니다. 삶의 목적을 잃었습니다. 그는 많은 기적을 일으키는 데 쓰임받고, 능력 있는 사역을 했습니다. 그러나 엘리야의 인생에서 그가 한 모든 것에 대한 결과물이 없었습니다. 엘리야의 이 말은 그의 인생에서 더 이상 목적이 없다는 표현이었습니다.

대학 시절 저는 몇 명의 룸메이트를 경험했습니다. 한 친구는 자살 충동이 어느 정도 있었습니다. 그는 매우 좋은 사람이었습니다. 성경에 대해서 저보다 훨씬 더 많고 놀라운 지식을 가지고 있었습니다. 그는 항상 인생의 목적에 관해 생각했습니다. "왜 우리가 살아야만 하는가?"라는 질문을 항상 던졌습니다. 깊은 사색가였습니다. 그런 그가 삶의 목적이 진짜 없다고 생각했던 것입니다.

이 세상에서 사는 동안 우리는 끊임없이 삶의 목적에 대해 생각해야 합니다. 내 마음속 이기적 심리가 항상 의심을 생산해내기 때문입니다. 모든 판단의 순간마다 기본으로 돌아가 성경이 말씀하시는 인생의 목적을 다시 살펴보아야 합니다. 성경 말씀을 바르게 깨달을 수 있도록 성령님의 도우심과 감동하심을 구해야 합니다. 혹시라도 자신이 흔들리고 있으면 하나님의 말씀으로 재정비해야 합니다. 그리고 하나님이 기뻐하시는 삶을 살 수 있도록 날마다 은혜를 구해야 합니다. 그러면 하나님께서 오늘도 살아야 할 이유를 주시며 마음을 뜨겁게 해주실 것입니다.

엘리야는 모든 기적을 체험하며 능력 있는 사역을 감당한 후에, 이제 아합과 이세벨 그리고 이스라엘 모든 사람이 회개하리라고 생각했습니다. 자신의 사역 후에, 백성들이 모두 하나님의 은총 아래로 돌아오리라 믿었습니다. 그때가 바로 여호와의 불이 내린 이후라고 생각했던 것입니다. 엘리야는 놀라운 부흥이 일어날 것을 기대했으나, 오히려 지금 이세벨의 위협을 받는 형편에 다다른 것입니다. 결과물이 없었습니다. 성취가 없었습니다. 그래서 그는 우울해졌습니다. 그래서 죽게 해 달라고 기도합니다. “이제 됐습니다” “목적이 없습니다” “내가 생각했던 것과 달리 무언가 진행된 것이 없습니다"라고 하는 것입니다. 그러나 하나님의 시간표는 엘리야의 생각과 달랐던 것입니다. 엘리야가 기다린 그 시간은 엘리야에게 해당하는 시간이 아니었습니다.

열매가 없을 때, 우리는 목적을 잃기 쉽습니다. 그럴 때 우리는 자신의 꿈들을 현재 남아 있는 에너지의 크기로 오그라들게 합니다. 더 나아가 꿈들을 버립니다. 사람들은 목적을 상실할 때 죽기를 원하기도 합니다. 또는 목표를 성취한 후, 그다음 삶의 목표를 찾을 수 없을 때도 죽기를 원합니다. 분명히 엘리야는 그의 목표가 성취되지 않았을 때 생각 속에 삶의 목적이 남지 않았습니다. 그래서 그의 목적, 그의 꿈이 그에게 남은 에너지의 양만큼의 크기로 쪼그라들었습니다. 목표를 성취하지 못했을 때, 곧 소망을 잃은 엘리야와 같은 상황에 이르면 우리도 꿈을 버립니다. 꿈을 버리는 것은 극도의 피로에 관한 가장 심각한 적색 신호등입니다. 꿈을 버리면 희망을 잃고 포기하고 싶어지게 되기 때문입니다. 꿈을 버리는 것은 하나님이 내게 심으신 가능성을 부수려는 행위와 같습니다. 그러므로 그 꿈을 하나님으로부터 얻었다면, 감히 버리고 포기하지 마십시오. 그것은 당신의 꿈이 아닙니다. 하나님의 꿈입니다. 하나님의 영광을 위한 하나님 나라의 꿈입니다. 당신 자신을 하나님의 꿈에 맞추어 재조정해야만 합니다. 하나님의 꿈은 반드시 이루어질 것입니다. 하나님의 모든 계획은 반드시 이루어집니다. 하나님의 구속사는 완벽하게 이루어질 것입니다. 하나님의 구속의 계획은 모두 완성될 것입니다. 당신은 바로 그 완성될 계획 안에 있는 것입니다. 포기하지 마십시오. 당신의 꿈, 생명, 가족, 교회, 목표, 삶의 목적, 소그룹을 포기하지 마십시오. 계속 그 길을 가십시오. 당신은 극복할 것입니다. 하나님은 그 모든 과정 속에서 당신을 사용할 것이고 당신을 훈련하실 것입니다. 당신을 빚어가고 계십니다. 하나님의 영광을 위해 당신을 사용하십니다.

다 같이 한 번 해보십시오. 숨을 코로 들이켜 보십시오. 숨 쉴 수 있으시다면, 당신을 향한 하나님의 목적이 있다는 뜻입니다. 이제 당신은 살아남아야 합니다. 호흡해야 합니다. 심장을 요동치게 해야 합니다. 선한 욕구를 가져야 합니다. 피조물 중 사람 외에는 할 수 없는 일입니다. 즉시 선택해야 합니다. 하나님을 경배하십시오. 하나님은 당신을 향해 목적을 가지고 계십니다. 하나님은 당신을 통해 찬양과 영광을 받고 싶어 하십니다. 그는 당신을 사용하시길 원하십니다. 당신을 사용하셔서 다른 사람들에게 닿길 원하십니다. 당신을 통해 영광을 받으실 것입니다. 절대 포기하지 마십시오!

8. 낙심 - 약속 [4절]

엘리야가 우울증에 이르게 된 여덟 번째 이유는, **낙심**입니다. 우리도 삶 속에서 낙심합니다. 그래서 하나님은 **약속**을 주십니다.

> **로뎀 나무 아래에 앉아서** 자기가 **죽기를 원하여** 이르되 여호와여 **넉넉하오니** 지금 내 생명을 거두시옵소서 나는 **내 조상들보다 낫지 못하니이다** 왕상 19:4

> 그가 대답하되 내가 만군의 하나님 여호와께 열심이 유별하오니 이는 이스라엘 자손이 주의 언약을 버리고 주의 제단을 헐며 칼로 주의 선지자들을 죽였음이오며 **오직 나만 남았거늘** 그들이 내 생명을 찾아 빼앗으려 하나이다 왕상 19:10

엘리야는 매우 낙심했습니다. 아마도 엘리야는 하나님께도 실망했습니다. 그리고 확실히 자신에게 실망했습니다. 분명히 자기의 삶에 낙심했습니다. 오직 고통만 있었습니다. 우리는 이것을 분석해봐야 합니다.

대학생이 원하는 성적을 얻지 못했을 때 낙심합니다. 졸업하고 꿈꾸던 좋은 직장 생활을 하다가도 어느 날 문득 자기 자신을 보며, '이게 내가 꿈꾸던 인생인가? 내가 무엇을 위해 일하는가?'라고 의문을 던질 때 실망합니다. 우리의 삶은 실망과 낙심할 일이 계속 이어지는 것입니다. 결혼하고 행복을 느끼며 살다가 자신의 이기적인 모습을 보기 시작합니다. 자신의 마음을 봅니다. 그러면 실망합니다. 죄인끼리 결혼을 한 것이니 당연히 어렵고 힘든 시간들이 찾아옵니다. 그러다 아이를 낳습니다. 자신이 아이에게 좋은 부모라고 생각합니다. 그러다 자녀들한테, "야, 너희들이 나의 좋은 성격을 파괴하고 있다"라고 종종 이야기합니다. 어느 날 문득 나 자신의 나쁜 면을 보고 있습니다. 실망하고 낙심할 수 있습니다. 또한, 삶 속에 항상 걱정거리가 있습니다. 아이들이 성장할 때 당신은 더 많은 것을 걱정합니다. 자녀가 결혼하면 더 많은 사람에 관해 걱정해야 합니다. 처음에 모든 것이 완벽하다고 생각하며 행복했던 당신은 인생이 더욱 복잡해짐에 따라 걱정해야 할 사람들이 늘어나고, 그에 따라 걱정거리는 더욱 쌓입니다.

아십니까? 당신이 행복하려면 모든 것이 완벽해져야 합니다. 그런데 모든 것이 완벽해질 가능성을 생각해보셨나요? 열 명 중 한 사람 때문에 당신은 행복하지 않습니다. 인간관계가 넓어서, 사랑하는 사람 오십 명이 있다면 당신은 그 모든 사람이 완벽해져야 행복해질 수 있는 것입니다.

따라서 저의 제안은, 행복해지고자 하는 욕구를 제거하십시오. 당신의 욕구를 부인하십시오. 자신을 부인하십시오. 단지 사람들을 사랑하십시오. 세상적 행복을 찾는 그런 욕구들을 버린다면 당신은 계속 다른 사람들을 사랑할 수 있습니다. 섬길 수 있습니다. 하나님의 영광을 위해 사십시오.

우리는 행복을 우상화합니다. 지금 우리의 사회는 행복을 우상숭배합니다. 우리는 행복하길 원합니다. 모든 것에서 행복해야 합니다. 심지어 일을 하고 있는 중에도 행복하지 않다면, 내게 맞지 않는 직장에서 일하고 있다고 생각합니다. 하나님께서 충성하라고 우리를 부르신 것은, 행복하지 않은 순간에도 충성하라는 뜻입니다. 즐거움으로 충성해야 하지만, 복잡한 상황 가운데서도, 고난 중에도, 자녀를 양육하는 중에도, 결혼 생활 중에도 충성하라고 하십니다. 충성의 길로 나아가면 하나님께서 우리에게 예수 그리스도 안에서 참 기쁨을 주실 것입니다. 그러므로 계속하십시오. 계속 바른길을 가십시오. 우리의 삶 속엔 실망과 낙심이 가득할 수 있습니다. 그러나 계속 충성하십시오. 계속 가십시오.

엘리야는 낙심합니다. 여러 주석가들이 여기서 엘리야가 이기적이기만 하다고 생각했습니다. 그러나 성경 말씀을 주의 깊게 보면, 그는 하나님의 뜻과 하나님의 영광 때문에 낙심했던 것입니다.

그가 대답하되 **내가 만군의 하나님 여호와께 열심이 유별하오니** (I have been **very zealous** for the LORD God Almighty.) 왕상 19:10

물론 여기서 엘리야의 교만도 드러납니다. 신자가 하나님을 위하여 충성한다고 자부할 때에 자신도 모르게 지나친 판단을 하게 됩니다. 그러므로 신자들은 언제나 '무익한 종'으로 자처해야 됩니다. 눅 17:10 그런데 한편 이 구절에 그의 경건이 나타납니다. 실제 그는 하나님께 열심이 유별했습니다. 그는 하나님의 영광을 생각했습니다. 그는 하나님의 백성들을 생각했던 것입니다. 그리고 이방인들에게도 빛이 비치어 하나님의 축복이 임하는 것을 생각했습니다.

이는 이스라엘 자손이 주의 언약을 버리고 왕상 19:10, 14

언약의 자손 이스라엘이 하나님께 영광을 돌리지 않는다는 말입니다.

주의 제단을 헐며 칼로 주의 선지자들을 죽였음이오며 왕상 19:10, 14

그리고 그는 계속 말합니다.

오직 나만 남았거늘 그들이 내 생명을 찾아 빼앗으려 하나이다 왕상 19:10, 14

열왕기상 19장 10절과 14절에서 엘리야의 말은, "저만 남았습니다. 그러면 누가 하나님께 영광을 돌리겠습니까? 누가 하나님의 이름을 온 세상에 전하겠습니까?" 이런 뜻입니다. 그러니 앞서 열왕기상 19장 4절에서 "지금 내 생명을 거두시옵소서"라고 엘리야가 죽기를 구했던 것은 자살 의도가 아니며 생명을 저주함도 아닙니다. 엘리야의 기도는 생명의 주재자가 자기가 아니고 하나님이신 사실을 고백한 것입니다. 실상 의로운 사람, 곧 믿는 사람에게는 죽음이 좋은 것입니다. 신자의 몸의 죽음은 영혼에게는 삶이 되기 때문입니다 (Mattew Henry). 그러므로 엘리야는 죽든지 살든지, 하나님께 가서 사는 생명을 구한 것과 마찬가지입니다.

"오직 나만 남았거늘" 엘리야의 생각에 자신은, 오직 홀로 남은 선지자였습니다. 그래서 엘리야는 하나님의 이름을 온 세상에 가르치기 위해, "지금 내 생명을 거두시옵소서"4절라는 표현과 달리 오히려 하나님께 생명을 구한 것입니다. "내가 만약 죽으면 아무도 남지 않는

데 그러면 누가 하나님께 영광을 돌리겠습니까?"라고 말하는 것입니다. 그래서 그는 하나님의 영광을 위해 생명을 구해주시길 기도한 것입니다. 그는 하나님의 일을 도울 수 있기를 원했습니다. 오늘의 본문 이전에 그는 사명을 감당하면서 죽기를 두려워하지 않았습니다. 이는 그가 이기적으로 자기의 생명을 사랑하지 않았음을 나타냅니다. 하나님을 사랑하기 때문에 죽음에 대한 두려움이 없었습니다. 하나님을 위해 죽는 것을 두려워하지 않았습니다. 실제 아합이 그를 죽이는 것은 쉬운 일이었습니다. 450명의 바알 선지자들 앞에서 그를 쉽게 죽일 수도 있었습니다. 엘리야의 상태에 관한 바른 해석의 열쇠가 여기에 있습니다. 그야말로 엘리야는 하나님께 대한 열심이 유별했던 것입니다. 엘리야는 생명의 무서운 위협을 무릅쓴 것입니다. 이것이 엘리야의 열정이고 바람이었습니다.

엘리야는 모든 일을 행하시는 하나님에 대한 이해 부족으로 하나님의 영광에 관한 염려를 하다가 낙심을 했지만, 하나님은 그에게 낙심을 대체하는 약속을 주십니다. "내가 네게 계승자를 주겠다. 네가 죽더라도 그가 사역을 계속할 것이니 걱정하지 마라." 이런 뜻입니다. "너는 네가 맡은 부분에만 충실하라! 구속에 관한 나의 계획과 역사는 네가 없어도 계속될 것이다."

하나님은 엘리야의 계승자뿐만 아니라 다음에 사용하실 많은 사람을 일으키십니다.

우리가 하나님께 쓰임을 받는 것은 굉장한 특권입니다. 우리는 이것을 이해해야 합니다. 사실 하나님은 우리가 필요 없으십니다. 만약 섬기고 봉사하라는 명령에 우리가 "NO"라고 답한다면 하나님은 얼마든지 다른 사람을 사용하실 수 있습니다. 혹, 모든 사람이 "NO"라고 해도 하나님은 문제가 없으십니다. 당나귀나 까마귀를 시켜서라도 뜻을 이루실 수 있으십니다. 하나님께는 너무 간단한 일입니다. 그러나 하나님은 당신을 사용하시기 원하십니다. 바로 이것이 특권입니다. 하나님께 쓰임받는 것은 우리에게 말로 형용할 수 없이 귀한 특권입니다.

오늘 본문의 엘리야는 영적으로 우울했다는 것을 알 수 있습니다. 그러면, 심리학적인 우울증과 영적인 우울증은 무슨 차이가 있을까요? 차이가 없다고 저는 말합니다. 우울증에 관해, 정신의학과 심리학 등의 각종 전문 서적들, DSM(정신 질환 편람)의 이론 그리고 성경 말씀을 연구하고 지난 30년 동안 수많은 상담을 통해 제가 내린 결론은 차이가 없다는 것입니다. 오직 심리학적인 문제이기만 한 우울증은 없습니다. 심리학적인 문제가 있기는 하지만, 항상 영적 우울증과 관련되어 있습니다. 정신의학, 심리학에서 말하는 우울증과 영적인 우울증은 본질적으로 차이가 없습니다. 세상은 우울증을 하나님 없이 다룹니다. 세상에서 우울증은 오직 의학적 문제일 뿐입니다. 인간을 오직 생물학적 존재로만 전제합니다. 그래서 대부분의 사람들이 우울증을 대할 때, 생물학적 질병을 다루듯 합니다. 따라서 이것이 세상에서는 영적 우울증을 이해할 수 없는 이유입니다. 우울증에 대한 올바른 해결책도 이해하지 못합니다. 물론 우리는 생물학적 존재입니다. 그러나 역시 우리는 영적인 존재입니다. 따라서 우리의 모든 문제에 생물학적인 면이 있으나 그것은 일부분일 뿐입니다. 그러므로 대부분의 우울증이 어느 정도 생물학적 요소를 가지고 있지만, 주된 것은 **마음에 관한 것**이라고 저는 말합니다. 우리가 우울해질 때 당연히 육체적인 것과 관련이 될 수는 있습니다. 생물학적, 화학적인 것과 관련될 수는 있습니다. 그래서 육체적인 것과 관련된 것을 다루어야 하지만 해결책은 약이 아닙니다. 약이 약간의 도움이 되지만, 궁극적으로 주된 이유는 영적인 것이 우울증을 일으키기 때문입니다. 영적인 것이라고 해서, 주위에 날아다니는 귀신이나 악령을 말하는 것이 아닙니다. 영적이라는 것은, 우리가 영적인 존재로서 영적 천성과 욕구를 가졌다는 것입니다. 그러므로 영적인 문제라는 것은 근본적으로 마음의 문제라는 말입니다. 따라서 진정한 해결책은 예수 그리스도로만 가능한 마음의 변화입니다.

세상에서는 인간을 단순히 생물학적 존재라고 말하지만, 우리는 크리스천으로서 반드시 육체적인 부분과 영적인 부분에 대해 이해해야 합니다. 인간이 생물학적 존재인 것은 맞는 말이지만 우리의 삶 속에서 일어나는 모든 문제에는 영적인 요소가 있습니다. 마음의 문제이기 때문에 우울증일 때는, 항상 영적인 회복이 있어야만 합니다. 우리의 뇌와 몸에 영향을 끼치는 것에 생물학적인 문제들이 있을 수 있지만, 필수적인 것은 아닙니다. 따라서 때때로 생물학적인 치료가 필요하지만 대부분 영적인 회복이 필요하며 그것은 근본적으로 마음의 문제입니다.

"내가 원하는 것을 과연 얻을 수 있는가?"에 관한 문제입니다. 원하는 것을 얻지 못할 때 그것은 바로 '고통'입니다. 그래서 우울해집니다. 우리가 가진 이기적 욕구가 모든 문제를 일으킵니다. 거듭난 크리스천으로서 성령이 주신 선한 천성이 있더라도 아직 죄성이 있는 우리가 우울해지는 것을 원치 않는다면 아무것도 원하지 않으면 됩니다. 세상적으로 원하는 것이 없다면, 곧 우리의 이기적 욕구들을 부인할 수 있다면 그래서 이기적 욕구가 없다면 우울해지지 않을 것입니다. 그러나 그리스도가 재림하시기 전에는 완전히 없앨 수 없는, 이기적 욕구를 극복하고 이길 수 있게 변화되려면 하나님과 올바른 관계를 회복해야 합니다. 영적인 관계에 회복이 있어야 그리스도 안에서 우울증이 치료될 수 있습니다.

그리스도께서 재림하실 때에 비로소 우리의 이기적 욕구들을 영원히 버릴 수 있게 됩니다. 지금이라도 재림하신다면 우리의 모든 문제들은 완전히 해결될 것입니다. 그때는 우리의 영적인 천성 안에서 진정으로 하나님의 임재하심의 은혜와 사랑을 충만히 받아 누릴 것입니다. 더 이상 우울증은 없습니다. 그러나 이 세상에 살 동안 정도의 차이는 있어도 낙심과 우울이 우리에게 찾아올 것입니다. 따라서 더욱 그리스도의 은혜를 받아 누리고 그리스도 안에서 참 기쁨을 누리기 위해 믿음으로 이기적 욕구들을 회개하는 법을 배워야 합니다.

Ⅱ. 하나님은 엘리야를 치료하십니다.

[왕상 19:5-16]

하나님의 사역을 감당할 때 나의 기도가, 사역의 열매를 내가 거두는 것까지 보장할 수는 없습니다. 그러나 **기도**는 내 마음속에 힘주시는 하나님의 사랑을 보장합니다. 그러므로 그 사랑에 힘입어 내가 원하는 열매가 없어도 포기하지 않을 것입니다.

치료와 회복을 원할 때도 역시 우리가 할 일이 있습니다. 하나님만 의지하며 계속 기도하는 것입니다. 범사에 성경 말씀의 명령대로 순종하여 쉬지 말고 기도해야 합니다. 우리에게 있는 고난과 어려움을 사용하여 하나님을 더욱 의지하는 길로 나아가야 합니다. 그래야 하나님께서 우리를 치료하실 수 있습니다.

데이브 드라베키(Dave Dravecky)가 말했습니다. "인생의 황무지 같은 시간은 믿음의 삶, 그 전경의 일부입니다. 우리 인생의 모든 순간은 산의 정상만큼 중요합니다. 산의 정상에서 우리는 하나님의 임재 앞에 압도됩니다. 한편 황무지 같은 때에는 마치 하나님이 부재하신 듯한 어려움에 압도됩니다. 그러나 산 정상이나 황무지 모두 우리의 무릎을 꿇게 하는 장소입니다. 산 정상은 하나님 앞에 온전히 경외심으로 무릎 꿇는 곳이고 황무지는 하나님께 온전히 의지함으로 무릎 꿇는 곳입니다."

우리는 정상에 있을 때도 여지없이 겸손해야 하며 그곳은 모든 것을 주장하신 하나님의 위엄 앞에서 당연히 무릎 꿇는 자리가 되어야 합니다. 또한, 나 홀로인 듯 외롭고 힘든 황무지 같은 시간에도 의심과 원망을 버리고 틀림없이 함께하시는 하나님 앞에 그저 무릎 꿇고 기도해야 합니다. 졸지도 않으시고 주무시지도 않으시는 하나님은 우리가 어떤 처지에 있을 때라도 눈동자같이 우리를 지키십니다. 여호와께서 그를 황무지에서, 짐승이 부르짖는 광야에서 만나시고 호위하시며 보호하시며 자기의 눈동자 같이 지키셨도다 신 32:10 나를 눈동자 같이 지키시고 주의 날개 그늘 아래에 감추사 시 17:8 언제나 우리를 보고 계시는 하나님은 모든 것을 아십니다. 우리는 전능하신 하나님을 벗어날 길이 없습니다.시 139편 항상 하나님께 나아가 도움을 구하시기 바랍니다.

[3] 여호와께서 너를 실족하지 아니하게 하시며 너를 지키시는 이가 졸지 아니하시리로다 [4] 이스라엘을 지키시는 이는 졸지도 아니하시고 주무시지도 아니하시리로다 [5] 여호와는 너를 지키시는 이시라 여호와께서 네 오른쪽에서 네 그늘이 되시나니 [6] 낮의 해가 너를 상하게 하지 아니하며 밤의 달도 너를 해치지 아니하리로다 [7] 여호와께서 너를 지켜 모든 환난을 면하게 하시며 또 네 영혼을 지키시리로다 [8] 여호와께서 너의 출입을 지금부터 영원까지 지키시리로다 시 121:3-8

하나님은 엘리야를 어떻게 치료하셨습니까?

네 가지 방법입니다.

첫째, 공급하시고,

둘째, 방향을 지시하시고,

셋째, 계시하시고,

넷째, 계승되며 계속될 것을 깨우쳐 주십니다.

1. 공급 [5-8절]

엘리야가 어려움을 겪는 현장에 하나님이 찾아오십니다. 엘리야가 힘을 얻어 계속 사역을 감당할 수 있도록 하나님은 그에게 필요한 모든 것을 공급하십니다. 몇 가지 측면으로 공급하십니다.

일단 **육체적으로** 공급하십니다.

> 로뎀 나무 아래에 **누워 자더니** 천사가 그를 **어루만지며** 그에게 이르되 **일어나서 먹으라** 하는지라 왕상 19:5

낙심하고 우울한 엘리야를 재우십니다. 잠은 때때로 낙심한 상태에서 컨디션을 회복하는데 매우 도움이 됩니다. 그래서 우리에게 잠이 필요합니다. 우리는 육체를 가진 영적 존재로서 육체적 휴식이 필요합니다. 육체적인 휴식의 결핍은 큰 장애물이 될 수 있습니다. 엘리야는 누워 잤습니다. 그리고 천사가 그를 어루만집니다. 이것은 관계적인 면을 의미합니다. 관계의 연결입니다. 힘과 용기를 주는 만짐입니다. 그래서 때때로 우리에게는 친구의 육체적인 어루만짐이 필요합니다. 그리고 먹이십니다. 때때로 좋은 음식을 섭취하는 것도 우리에게 필요합니다. 마실 물도 필요합니다.

[6] 본즉 머리맡에 숯불에 구운 떡과 한 병 물이 있더라 이에 **먹고 마시고 다시 누웠더니** [7] 여호와의 천사가 또 **다시 와서 어루만지며 이르되 일어나 먹으라** 네가 갈 길을 다 가지 못할까 하노라 하는지라

왕상 19:6-7

천사가 제공한 음식으로 엘리야는 40일 동안의 여행길을 거쳐 호렙산에 도달할 힘을 얻습니다. 전에는 까마귀들을 통해 하나님의 공급을 받았고,왕상 17:3-7 지금은 천사에게 공급받았습니다. 엘리야는 이처럼 육체적으로 공급을 받았습니다.

또한 하나님은 **감정적으로** 공급하십니다.

“**어루만지며 이르되**” 천사가 왜 어루만졌을까요? 사람들이 서로 만지는 것은 친밀함과 사랑을 주고받는 방법입니다. 하나님은 지금 천사로 친밀함과 사랑을 보여주시고 계십니다. 외로움 속에 있는 엘리야는 이러한 사랑으로 감정적인 갈망을 채우게 됩니다. “**일어나 먹으라**” 엘리야는 천사의 어루만짐과 함께 힘을 내게 하는 말을 통해서도 하나님의 공급을 받았습니다. “일어나 먹으라 네가 갈 길을 다 가지 못할까 하노라” 몇 개 안 되는 단어로 구성된 짧은 말이지만 엘리야에게 힘과 위로를 주었습니다. 우리가 우울한 시기를 지날 때, 대체로 사람들에게

서 많은 말이 필요하지 않은 것이 사실입니다.

그러고 나서 하나님은 엘리야에게 직접 **영적으로** 공급하십니다. 하나님은 우리에게 믿음을 주시는 분일 뿐만 아니라 그 믿음을 유지할 수 있도록 해주십니다. 계속 길을 갈 수 있게 힘을 주십니다.

엘리야를 보아서 알 수 있듯이 육신을 입고 있는 우리에게는 우울할 때 기본적으로 육체적인 휴식이 필요합니다. 그러나 우리의 문제들은 절대 생물학적이지만은 않습니다. 물론 오랜 기간 제대로 잠을 자지 못했다면, 단지 기도하는 것을 시도하는 것만으로 문제를 해결하기 쉽지 않습니다. 역시 육체적인 휴식을 취해야 합니다. 따라서 영적 존재로서 우리에게는 포괄적인 휴식이 필요합니다. 육체적, 관계적, 영적인 휴식이 모두 필요합니다. 우선 육체적인 휴가가 필요합니다. 두 번째는 관계적인 휴식을 주는 휴가가 필요합니다. 관계적 접촉이 필요합니다. 가족이나 사랑하는 사람들과 즐거운 시간을 보내는 것입니다. 관계 속에서 힘을 얻습니다. 세 번째는 영적인 재충전입니다.

하나님을 원하고 바라볼 때 하나님께서 힘을 주십니다. 휴가 기간을 제대로 보내려면 이러한 것들이 항상 필요합니다. 이런 휴식을 위한 휴가의 목적은 그 후에 주님을 위해 다른 사람들을 섬기는 자리로

복귀하기 위함입니다. 하나님의 부르심의 자리에서 충성하기 위함입니다. 그러므로 우리가 성경적으로 휴식 시간을 잘 보낸다면, 학교, 직장, 교회 등에서 더욱 힘을 내어 충성할 것입니다. 혹시 휴가 기간 이후에 더 피곤하다면 좋은 시간을 보내지 못한 증거입니다. 크리스천으로서 휴식을 취할 때는 하나님께서 주시는 힘을 얻으며, 하나님의 사명을 감당하는 자리로 돌아가기를 소망해야 합니다.

2. 방향 지시

엘리야를 치료하시는 하나님은 먼저 공급하시고, 이제 나아갈 방향을 제시하십니다.

① **천사가** [5, 7절]

하나님은 천사를 통해 엘리야에게 공급하시면서 방향을 알려주십니다. 엘리야는 무엇을 해야 할지 몰랐습니다. 그래서 '여호와의 천사'가 그를 어루만지며 일어나 음식을 먹으라고 지시합니다. 무엇을 해야 할지 알려주셨습니다. 그리스도께서 부활하신 후 디베랴 호수에서 제자들에게 나타나셔서 조반을 준비해주신 장면과 요 21장 유사합니다. 조반을 주시는 것은 낙심하였던 제자들을 위로하시는 자비의 표현이기도 합니다.

> 다시 와서 어루만지며 이르되 **일어나 먹으라 네가 갈 길을 다 가지 못할까 하노라** 왕상 19:7

우리도 살면서 때때로 모릅니다. 누군가 객관적으로 알려줄 때까지 상황을 잘 모르거나, 무언가 알아도 어찌할 바를 모를 때가 있습니다. 그때 누군가의 올바른 조언은 많은 힘을 줍니다. 앞으로 계속 나아갈 힘을 준비시킵니다. 매우 유익합니다. 하나님은 엘리야에게 천사를 통해 방향을 알려주십니다. 우리가 우울함에 빠질 때도 하나님은 언제든지 자비와 위로를 베푸시고 앞길을 인도해 주십니다.

② **하나님이 직접** [9절]

> 엘리야가 그 곳 굴에 들어가 거기서 머물더니 여호와의 말씀이 **그에게 임하여** 이르시되 엘리야야 **네가 어찌하여 여기 있느냐** 왕상 19:9

"그에게 임하여"는 천사의 모습으로 오셨다는 뜻이 아닙니다. 하나님께서 직접 말씀하셨습니다. "엘리야야 네가 어찌하여 여기 있느냐" 하나님은 직접 엘리야에게 방향을 말씀하십니다. "여기서 무얼 하고 있느냐?"라고 하십니다. 하나님은 엘리야가 자신을 살펴보도록 돕고 계십니다. 더 이상 우울한 마음으로 시간을 보낼 필요가 없고, 거기서 떠나 다시 그의 사명을 실행해야 할 것이었습니다.

③ **말씀(성경)으로** [8, 9, 11절]

천사를 통해 그리고 직접 방향을 제시하시는 하나님은, 또한 성경 말씀으로 방향을 지시하십니다. 엘리야는 호렙산을 향합니다. 오늘 본문을 보면, 호렙산으로 가라고 엘리야에게 아무도 말하지 않았습니다. 그곳은 모세가 하나님을 만난 곳입니다. 시내산과 같은 산을 말합니다. 하나님이 계신 산이었습니다. 엘리야는 하나님의 임재를 찾아서 그곳, 하나님의 산에 갑니다. 그렇다면 엘리야가 이 정보를 어떻게 얻었을까요? 엘리야는 하나님의 말씀을 읽었습니다. 모세는 시내산에서 하나님께 십계명을 받았습니다. 엘리야는 그 산에 하나님을 만나러, 하나님의 말씀을 들으러 가는 것입니다.

> [1] 옛적에 선지자들을 통하여 여러 부분과 여러 모양으로 우리 조상들에게 말씀하신 하나님이 [2] 이 모든 날 마지막에는 아들을 통하여 우리에게 말씀하셨으니 … 히 1:1-2

> 태초에 말씀이 계시니라 이 말씀이 하나님과 함께 계셨으니 이 말씀은 곧 하나님이시니라 요 1:1

하나님은 우리에게 서로 다른 방법으로 말씀하실 수 있습니다.

그러나 주된 방법은 **'성경'**을 통해서 말씀하시는 것입니다. 현재의 우리가 하나님의 뜻을 알기 위해 하나님께 나아가는 주된 방법은 하나님의 말씀인 성경입니다. 엘리야는 하나님을 만나기 위해 하나님의 산까지 40일간의 여행을 합니다. 하나님이 그에게 방향을 안내하고 계십니다. 낙심하고 어려울 때 우리는 주님의 산에 가는 법을 배워야 합니다. 하나님의 말씀 앞에 나아가는 법을 배워야 합니다. 그러면 하나님께서 만나주시고 말씀해 주십니다. 그러면 당신은 힘을 얻을 것입니다. 하나님의 말씀을 받을 때 능력을 얻게 됩니다. 앞길이 혼탁해 보일 때 하나님께서 인생의 방향을 주십니다.

하나님이 주시는 방향은 무슨 역할을 합니까?

우리가 방향을 잃었을 때, 즉 온통 나 자신에게 나의 시선이 집중되어 있을 때 하나님께서 천천히 변화시키셔서 하나님을 따르게 하십니다. 우리로 하여금 예수 그리스도를 따르게 하십니다.

유명한 설교자이고 성경 교사였던 마틴 로이드 존스 목사가 원래는 의사였습니다. 심리학 상담이 보편적이지 않을 때 그는 이렇게 상담을 하곤 했습니다. 사람들이 그의 사무실에 와서 자신의 모든 문제들을 쏟아놓을 때, 다 들은 후에, "당신의 눈을 당신 자신에게서 떼어 내십시오! 다음 분?"이라고 말했습니다. 현재의 기준으로는 훌륭한 상담가라고 할 수 없다 말할지도 모르지만, 성경 말씀에 비추어 아주 본질적이고 올바른 답변입니다. 성경적인 대답은 심리학의 대답과 다릅니다. 단순히 "네 자신에게서 너의 시선을 떼어 내!"라고 말씀합니다. 그리고 "하나님을 바라보라!" "하나님을 사랑하고 다른 사람들을 사랑하라!" 라고 하십니다.

> 나의 영혼아 잠잠히 하나님만 바라라 무릇 나의 소망이 그로부터 나오는도다 시 62:5

> 내 영혼아 네가 어찌하여 낙망하며 어찌하여 내 속에서 불안하여하는고 너는 하나님을 바라라 그 얼굴의 도우심을 인하여 내가 오히려 찬송하리로다 시 42:5

> 오직 여호와를 앙망하는 자는 새 힘을 얻으리니 독수리가 날개치며 올라감 같을 것이요 달음박질하여도 곤비하지 아니하겠고 걸어가도 피곤하지 아니하리로다 사 40:31

> [37] 예수께서 이르시되 네 마음을 다하고 목숨을 다하고 뜻을 다하여 주 너의 하나님을 사랑하라 하셨으니 [38] 이것이 크고 첫째 되는 계명

이요 [39] 둘째도 그와 같으니 네 이웃을 네 자신 같이 사랑하라 하셨으니 마 22:37-39

하나님께서 제시하시는 방향은 항상 하나님을 향하게 하십니다. 나 자신에게서 하나님께로 방향을 바꾸는 것입니다. 하나님은 엘리야에게 방향을 지시하시고 도우셔서 자신에게서 눈을 떼고 하나님을 바라보게 하십니다.

하나님의 방향 제시와 관련된 곳들은 갈멜산, 광야, 호렙산의 굴, 다메섹으로 가는 광야 길 등입니다. **갈멜산**에서 수많은 **두려움에** 담대히 맞서게 이끄셨으며, **기진맥진하여 피곤한 중에** 있던 **광야**에서 휴식을 주시고 갈 길을 인도하셨고, **호렙산**의 **굴에 있던** 엘리야에게 직접 나타나셔서 힘주시고 회복시키셨으며, 광야 길을 통과하여 **다메섹**으로 가서 사명을 감당하는 **부르심**의 자리로 이끄셨습니다.

하나님은 이렇게 엘리야를 도우셔서 천천히 그의 시선을 자기 자신에게서 떼어 내셨습니다. 그리고 하나님만 바라보게 하심으로 하나님의 구속사 안에서 일하게 하십니다.

기진맥진한 엘리야에게 주어진 답변은 하나님께로 가라는 것입니다. 하나님의 산으로 가라는 것입니다. 우리가 하나님의 산으로 나아가는 것은 그의 임재와 그의 말씀 앞으로 가는 것입니다. 그러면 하나님께서 우리에게 나아갈 방향을 밝히 드러내 주십니다. 기본적으로 말하면, 나를 부인하고 나의 십자가를 지고 매일 예수 그리스도의 발자취를 따라가는 것입니다. 이에 예수께서 제자들에게 이르시되 누구든지 나를 따라오려거든 자기를 부인하고 자기 십자가를 지고 나를 따를 것이니라 마 16:24 하나님은 항상, 예수 그리스도를 따르라고 말씀하실 것입니다. 그러니 계속 가십시오.

저는 열왕기상 19장 9절과 11절 말씀, 이 두 개의 구절을 좋아합니다.

> 엘리야가 그 곳 **굴(Cave)**에 들어가 거기서 머물더니 여호와의 말씀이 그에게 임하여 이르시되 엘리야야 네가 어찌하여 여기 있느냐
> 왕상 19:9

> 여호와께서 이르시되 너는 **나가서(Go Out)** 여호와 앞에서 산에 서라 하시더니 여호와께서 지나가시는데 여호와 앞에 크고 강한 바람이 산을 가르고 바위를 부수나 바람 가운데에 여호와께서 계시지 아니하며 바람 후에 지진이 있으나 지진 가운데에도 여호와께서 계시지 아니하

며 왕상 19:11

9절에 "**굴**에 들어가" 굴이 나옵니다. 그는 굴에 들어가 있습니다. 우울합니다. 낙심했습니다. 의기소침합니다. 의욕이 없습니다. 죽고 싶어 합니다. 그래서 하나님이 오십니다.

11절에 "**나가라**"라고 하십니다. 우리는 매우 자주 굴속에 들어갑니다. 두려움의 굴, 배신의 굴, 외로움의 굴, 어쩔 줄 모르는 굴, 불만족의 굴, 의심의 굴, 미움의 굴, 자기혐오의 굴, 자기 연민의 굴, 낮은 자존감의 굴, 자살 충동의 굴에 들어가 있습니다. 굴속에서 나오려고 하지 않습니다. 우리가 이처럼 인생의 목적이 없는 굴속, 실망의 굴속에 있을 때 하나님의 말씀이 임합니다. "**나가서 여호와 앞에서 산에 서라!**"

여러분, 이 시간에도 하나님이 명령하십니다. "일어나라! 그리고 굴에서 나가라! 주님 앞에서 산 위에 서라!" 우리가 하나님의 임재 앞에 설 때 우리의 모든 문제가 사라집니다. 실상 현재의 삶 속에 아직 그 문제들은 존재합니다. 그런데 이제는 모든 문제가 우리의 마음과 생각 속에서 문제가 되지 않는 이유는 그 모든 문제와 비교할 수조차 없이 크신 하나님이 계시기 때문입니다. 우리의 하나님은 위대하시고 놀라우신 하나님이십니다. 그는 절대로 우리를 버리지 않으시며 떠나지 않으십니다.

하나님은 우리를 "**나의 동굴**"에서 "**하나님의 산**"으로 이끄십니다. 하나님은 우리를 이끄사 동굴에서 나와 산 위에 서게 하십니다. 하나님의 임재 앞에 나아가게 하십니다. 엘리야는 기진맥진하여 굴에 이르렀습니다. 하나님이 오셔서, "나와서 하나님의 산 위에 서라"라고 말씀하십니다. '나'라는 동굴에서 '하나님'이 계신 산으로 이끄셨습니다. 이와 같은 자기 부인이야말로 행복으로 가는 길입니다.

여러분, 하잘것없이 작은 내 동굴의 실체를 인식하시기 바랍니다. 이제 그곳을 벗어나십시오. 내가 만든 세상, 겨우 그게 전체인 나만의 세상에서 빠져나오십시오. 그곳에 있는 한 비참할 뿐입니다. 하나님이 우리를 인도하십니다. 굴에서 나오게 하십니다. 하나님의 명령에 순종하십시오. 하나님의 임재 앞, 산 위에 서십시오. 주님의 산 위에 서십시오.

외로울 때, 낙심할 때, 슬플 때, 우울할 때 궁극적인 치료법은 나 자신을 향한 나의 시선을 떼어 내고 주님의 산으로 달려가는 것입니다. 그런데 실천하기가 쉽지 않은 것이 우리의 실상입니다. 그래서 추천할 만한 한 가지 방법은, 바쁘게 사는 것입니다. 자기를 무작정 바쁘게 하는 것이 아니라, 그런 방법으로 나의 눈을 나 자신에게서 떼어내는 것입니다. 일시적으로 잊는 것이 목적이 아니라 궁극적으로 내 마음이 하나님을 갈망하게 되기를 바라며 그 방향으로 나아가길 결심하고, 자신을 바쁘게 만드는 것입니다.

자 이제, 즉시 시선을 주님께 옮기고 주님의 산으로 달려가십시오. 쉽지 않더라도 그렇게 되길 원하며 당장 결심하십시오.

'자존심'은 자기가 가장 중요한 것입니다. 결국, 자기를 높이는 것입니다. '낮은 자존감'일지라도 근본 욕구는 역시 자기를 높이는 것입니다. 우리의 시선은 온통 자신을 향해 있기 때문입니다. 따라서 진정한 '겸손'이라는 것은 시선이 나 자신에게서 떠나 있는 것을 말합니다. 그러면 하나님 앞에 나아갈 수 있습니다. 자기를 부인하여 자존심을 꺾고 겸손히 하나님께 나아가십시오. 그러면 고난, 어려움, 배신, 비난 이런 것들은 더 이상 아무 문제가 되지 않습니다. 하나님이 우리를 통해 영광을 받으시고, 하나님이 우리와 함께 계신 한 우리가 사명의 길을 가는 데 방해가 되지 않습니다. 아무리 세상적 걱정거리와 낙심거리가 생긴다고 해도 오직 하나님만 바라보고 겸손하다면 오히려 그것들은 하나님이 주시는 참 기쁨을 얻는 데 도움이 됩니다.

“자기 집착은 자멸로 가는 길입니다.” 눈을 들어 위를 보십시오. 하나님께서 공급하시고 길을 인도하실 것입니다.

3. 계시 [12절]

엘리야를 치료하시는 하나님은 계시하십니다.

[11] 여호와께서 이르시되 **너는 나가서 여호와 앞에서 산에 서라 하시더니 여호와께서 지나가시는데** 여호와 앞에 크고 강한 **바람**이 산을 가르고 바위를 부수나 바람 가운데에 여호와께서 계시지 아니하며 바람 후에 **지진**이 있으나 지진 가운데에도 여호와께서 계시지 아니하며 [12] 또 지진 후에 **불**이 있으나 불 가운데에도 여호와께서 계시지 아니하더니 불 후에 **세미한 소리**가 있는지라 왕상 19:11-12

오늘 본문에서 정말 놀라운 계시를 볼 수 있습니다. 시내산에서 있었던 모세의 경험과 비슷한 장면이 나타납니다. 출애굽기 34장을 보면, 하나님이 강림하시고 모세 앞으로 지나가십니다. 그런데 오늘 본문의 엘리야를 보면,왕상 19:13 같은 모습은 아니지만 얼굴의 피부에 광채가 난 모세가 수건으로 얼굴을 가렸던 장면도 떠오르게 합니다. 같은 산에서 엘리야가 하나님 앞에 섭니다. 여호와께서 지나가십니다. 강한 바람이 있습니다. 바람이 얼마나 강했으면 산을 가르고 바위를 부술까요? 바위를 부수어 조각들로 날려버립니다. 그리고 지진이 있습니다. 지진도 역시 바람과 마찬가지로 굉장한 장면이었으리라 상상해 볼 수 있습니다. 지진 후에 불이 있었습니다. 이 불은 아마도 제단을 태웠던 여호와의 불과 왕상 18:38 닮았었을 것입니다. 그러나 하나님은 이와 같은 것들에 계시지 않았습니다. 그런 후에 "세미한 소리(gentle whisper)", 즉 하나님의 세미한 음성이 있었습니다. 하나님이 말씀하십니다.

① 엘리야, 그 이름에 주신 계시 [13절]

엘리야가 듣고 겉옷으로 얼굴을 가리고 나가 굴 어귀에 서매 소리가 그에게 임하여 이르시되 **엘리야야 네가 어찌하여 여기 있느냐**

왕상 19:13

엘리야가 하나님의 시각을 잃어버렸기 때문에 질문을 통해 계시하십니다. 엘리야는 자신의 시선이 온통 자신을 향해 있었음에도 자기가 누구인지 지금은 알지 못하고 있었습니다. 하나님의 시각을 잃고 자신이 누구인지 잊었습니다. 하나님의 계시는, "엘리야야 네가 어찌하여 여기 있느냐?"입니다. 이 말씀의 원어는 "엘리야야 네가 여기서 무엇을 하느냐?"로 번역해야 합니다. 하나님께서 지금 무엇을 하고 계십니까? 이 질문을 통해 그와 관계하시며 그를 회복시키십니다. 하나님은 엘리야가 자기 이름을 잊었다는 것을 보여주십니다. '엘리야'라는 이름의 뜻은, "여호와는 하나님이시라"입니다. 따라서 엘리야, 그의 이름은 하나님이 주신 메시지였고 그의 사명을 나타냈던 것입니다. 곧, 엘리야는 세상을 향하여 하나님이 누구신지 선포해야만 했던 것입니다. 하나님은 엘리야의 이름을 사용하고 계셨습니다. 그래서 엘리야를 일깨우십니다.

"엘리야야 네가 어찌하여 여기 있느냐?" "네가 여기서 무엇을 하느냐?" "엘리야야, 나를 기억해라!" "너, 엘리야는 내가 누구인지를 드러내는 사명을 가진 자다." 그래서 하나님은 엘리야 자신이 누구인지를 깨달아 알 수 있게 하십니다. 엘리야와 교제하시며 관계를 맺고 계십니다. 그래야 엘리야가 하나님의 부르심의 자리로 돌아가 사명을 실행할 수 있습니다. 엘리야는 자신이 누구인지 기억해야 했습니다. 엘리야의 이름은 자기의 정체성을 나타내는 것이었습니다. 죄를 범한 아담이 숨었을 때, "아담아 어디 있느냐?" 부르셨던 장면도 우리에게 떠오릅니다. 하나님은 역시 여러분의 이름을 아십니다. 여러분의 이름을 부르시는 하나님의 음성에 민감하게 반응하시기 바랍니다. 하나님은 충성스럽게 사명을 감당하는 여러분 한 사람, 한 사람의 이름을 통해 자신을 세상에 나타내십니다.

이름을 부르심으로 자신의 정체성을 깨닫게 하신 하나님은 또한 엘리야에게 직접, 자신이 누구이신지 나타내셨습니다. 그렇게 하여 엘리야를 회복시키십니다. 하나님은, "엘리야야, 너는 지금 잘못된 장소, 잘못된 상태에 있단다. 그리고 잘못된 것을 생각하고 있구나. 그 어떤 다른 것을 보지 말고, 나를 보아라! 용기를 잃지 말고, 낙심하지 말고, 걱정도 하지 말아라. 내가 여기 있다! 외로워하지 말아라, 내가 너와 함께 있다! 너의 사역은 결코 헛되지 않다. 내가 너 말고도 7,000명의 일꾼을 남기었으니 걱정하지 말아라"라는 뜻의 말씀을 하십니다. 그 내용을 계속 보겠습니다.

② '엘리야의 하나님'에 관한 계시 - 바람, 지진, 불 [11-12절]

하나님은 바람과 지진과 불을 통해 엘리야에게 하나님의 뜻을 보여주십니다. 하나님 홀로 그와 만나십니다. 하나님은 엘리야를 너무도 사랑하셔서 그에게 특별한 시청각 교육을 해주십니다. 하나님은 그의 힘과 능력을 알도록 놀라운 바람과 지진과 불을 보여주십니다. 모든 것을 주관하시는 분이 하나님이심을 보여주십니다.

하나님은 힘과 능력을 보여주심으로 백성들 자신이 하나님의 통치 안에 있음을 알게 하십니다.

여기서 바람, 지진, 불은 하나님의 심판을 상징합니다. 바람과 지진과 불과 같은 자연재해는 마치 하나님의 심판을 대신하는 대리자 같습니다. 이 세상에 자연재해가 오게 된 것은 인간의 죄의 결과입니다. 고난, 어려움, 고통들은 죄로 인해 들어왔습니다. 그러면서 자연재해들은 하나님이 그의 백성들에게 경고를 주시는 방법이기도 합니다. 이렇게 하나님이 경고하시는 중에 우리가 이 세상에서 죽는 것은, 영원한 죽음이 온다는 것을 나타냅니다.

그런데, "바람 가운데에 **여호와께서 계시지 아니하며** 바람 후에 지진이 있으나 지진 가운데에도 **여호와께서 계시지 아니하며** 또 지진 후에 불이 있으나 불 가운데에도 **여호와께서 계시지 아니하더니** 불 후에 세미한 소리가 있는지라" 심판의 대리자 같은 '바람, 지진, 불' 가운데 "여호와께서 계시지 아니하며"라는 말씀의 뜻은, 이러한 것들 안에는 결코 하나님이 계시지 않는다는 것을 의미하는 것이 아닙니다. 또한 이러한 것들을 하나님이 보내시는 것이 아니라는 말도 아닙니다. 모두 다 하나님의 통치 아래서 일어나는 일이지만 오늘 본문에서는 엘리야의 직무에 관한 말씀입니다. 이 말씀의 뜻은, "엘리야야, 너의 사명은 심판에 관한 사역이었다! 이제 너의 임무는 끝날 것이다. 내가 사명을 다른 이에게 옮길 것이다. 이스라엘 민족에게 너를 통해 '내가 누구인지' 보여주었으니 이제 나는 움직일 것이다. 사명을 넘겨줄 것이다. 내가 '심판의 하나님'이라는 것을 보여줄 뿐만 아니라 '구원의 하나님'임을 보여주어야 하기 때문이다"라는 것입니다. 그래서 '하나님이 하나님'이심을 엘리야가 알아야만 한다는 것을 보여주시고 또한 '하나님이 아직은 심판을 하시지 않을 것'임을 엘리야에게 보여주고 계십니다. 하나님은 단지 엘리야의 하나님만이 아니고 엘리사의 하나님이시기도 하기 때문입니다. 이 사실을 엘리야에게 알려주십니다. 엘리사는 그의 제자이고 계승자인 선지자입니다. 그래서 연이어 하나님은 세미한 음성으로 엘리사의 하나님에 대해 계시하십니다.

③ '엘리사의 하나님'에 관한 계시 - 세미한 소리 [12절]

기억하시죠? 하나님은 바람, 지진, 불에는 계시지 않았습니다. 그러면 하나님은 어디 계셨습니까? 세미한 음성으로 나타나십니다. 하나님은 세미한 소리와 함께 하셨습니다. "세미한 소리"는 '가늘게 부는 소리'tone of a gentle blowing를 가리킵니다. 이 세미한 소리와 함께 하나님께서 임하신 사실은 그때에 엘리야가 하나님의 나타나고 임하심을 느껴서 얼굴을 가린 모습이 증명합니다. 여기서 세미한 소리, 곧 하나님의 세미한 음성은 무엇을 뜻합니까? 세미한 음성은 하나님의 구원 역사의 방법을 대표합니다. 세미한 음성은 하나님의 자비로우심, 은밀하시고 확실한 처사 그리고 특별히 하나님의 계시 역사[말씀 역사]의 성격을 보여줍니다.

하나님이 말씀하시길 엘리야의 선지자로서의 사역이 끝나면서, 엘리야가 계승사 엘리사를 불러 기름 부을 것이라고 하십니다. 엘리야라는 이름의 뜻은 '여호와는 하나님이시다' '하나님은 위대하시다'입니다. 엘리사의 뜻은, **'하나님은 구원이시다'**입니다. 따라서 **심판 이후에는 구원이 있다는 뜻입니다**. 이 두 선지자의 이름은 각각 그들의 사명을 나타냈던 것입니다.

하나님이 바람과 지진과 불에 계시지 않고 세미한 소리로 나타나심은 엘리야 다음에 엘리사가 있다는 뜻입니다. 엘리사는 하나님이 구원의 하나님이심을 보여줄 것입니다. 세례요한과 예수님의 관계와 닮았습니다. 불, 바람, 지진이 심판과 회개를 가르치듯이, 세례요한은 심판과 회개를 가르쳤습니다. 그 후에 예수 그리스도의 가르침에 세미한 음성이 있습니다. 물론 예수님을 통한 하나님의 메시지가 세미한 소리에만 있는 것은 아닙니다. 예수 그리스도의 초림에는 그의 사역이 세미한 음성의 메시지였지만, 그의 재림 때에는 그리스도 안에 있지 않은 사람들을 향해 지진과 바람과 불, 곧 하나님의 심판의 임무를 가지고 오실 것이기 때문입니다.

예수 그리스도께서 십자가에 달리신 금요일을 생각해볼 때, 예수님은 우리를 대신해서 바람과 지진과 불의 심판, 곧 하나님의 심판을 자신이 모두 받으신 것입니다. 그래서 우리는 무덤에서 일어날 수 있으며, 예수님은 우리에게 세미한 음성으로 부활의 말씀을 주실 수 있습니다. 누가복음 24장을 보면 예수님이 우리 대신 죽으심으로 하나님의 불의 심판을 거두어 가시고, 부활하신 후에 제자들에게 나타나십니다. 이때 제자들이 말합니다.

> 그들이 서로 말하되 길에서 **우리에게 말씀하시고** 우리에게 성경을 풀어 주실 때에 우리 속에서 마음이 뜨겁지 아니하더냐 하고 눅 24:32

"**우리에게 말씀하시고**" 이것이 세미한 음성입니다. 예수님의 음성입니다. 하나님께서 그리스도를 통해 우리에게서 심판의 불을 밖으로 내어 가셨기에 지금 우리 안에 살아계신 성령님의 불을 받을 수 있는 것입니다. 여러분, 하나님의 말씀을 들을 때 성령의 감동하심으로 마음이 뜨겁지 않으십니까? 하나님의 말씀인 성경에 귀를 기울이시기 바랍니다. 성경을 읽으시고 교회에서 마련한 성경 공부에도 꼭 참여하시기 바랍니다. 우리의 주 예수 그리스도의 세미한 음성을 들을 수 있을 것입니다.

특별히 기억할 것은, 기독 신자인 우리가 하나님의 세미한 음성을 듣고 힘을 얻으려면, 마음이 고요한 가운데 있어야 한다는 것입니다. 하나님의 음성을 들을 마음의 준비가 되어 있어야 합니다. 세상에서 살 때 하나님의 음성이 우리에게 문자 그대로 세미한 이유는, 그 음성이 육의 소리, 세상의 소리 그리고 죄인의 심리에 묻혀 버리기 때문입니다. 가시떨기에 뿌려진 씨에 비유할 수 있습니다.

> 가시떨기에 뿌려졌다는 것은 말씀을 들으나 세상의 염려와 재물의 유혹에 말씀이 막혀 결실하지 못하는 자요 마 13:22

우리의 육적 욕구에서 나오는 소리나 육적 욕구를 자극하는 소리, 세상의 소리, 죄악의 소리는 심히 요란합니다. 언제나 우리의 마음을 진동시키고 있습니다. 그러므로 누구든지 하나님의 음성을 들으려면, 곧 성경을 올바로 깨달으려면, 심령이 청결해야 됩니다.

> 마음이 청결한 자는 복이 있나니 그들이 하나님을 볼 것임이요 마 5:8

우리가 세상에서 살다가, 심지어 주를 위해 충성한다고 하면서도 지치고 낙심하는 근본적 이유는 하나님같이 되려고 하기 때문입니다. 내가 주인이 되어 하나님의 자리에 앉아 내가 원하는 대로 이루어지기를 바라기 때문입니다. 따라서 지치고 낙심할 때마다 우리는 오직 하나님을 만나야 합니다. 그 자리에서 우리의 문제들과 나 자신을 바라보던 시선을 돌려 오직 하나님만 바라봐야 합니다.

지금까지 살펴본 바와 같이, 하나님은 그의 구속 역사 안에서 그가 누구이신지, 여러 가지 계시를 종합 선물 세트처럼 만들어 직접 엘리야를 깨우치십니다.

4. 계속될 계승 [15-16절]

하나님은 엘리야를 치료하시기 위해, 공급하시고, 방향을 제시하시고, 계시하셨습니다. 그리고 이번에는 끊임없이 이어질 하나님의 구원 역사 속 '계승'에 관해 말씀하십니다.

> [15] 여호와께서 그에게 이르시되 너는 네 길을 돌이켜 광야를 통하여 다메섹에 가서 이르거든 **하사엘에게 기름을 부어 아람의 왕이 되게 하고** [16] 너는 또 님시의 아들 **예후에게 기름을 부어 이스라엘의 왕이 되게 하고** 또 아벨므홀라 사밧의 아들 **엘리사에게 기름을 부어** 너를 대신하여 선지자가 되게 하라 왕상 19:15-16

엘리야는 모든 것이 끝났다고 생각했지만, 하나님은 '아니다'라고 말씀하고 계십니다. "엘리야 너는 단지 과정의 일부일 뿐이다"라고 하십니다. 엘리야는 참된 종, 바로 그분, **예수 그리스도**를 그리고[드러내고] 나타내기 위해 구속 역사 속에서 하나님이 사용하시는 수많은 종 중에 단지 한 명일 뿐이라고 하십니다. 이것이 바로 계속될 계승에 대한 것입니다.

하나님은 선지자의 사명을 마치기까지 엘리야가 감당해야 할 세

가지 임무를 주십니다. 아람 왕에게 기름을 붓고, 이스라엘 왕에게 기름을 붓고, 선지자 사명의 계승자 엘리사에게 기름을 부으라는 것입니다.

이방의 왕과 이스라엘 왕에게 모두 기름 부으라는 것은, 곧 온 세상, 모든 민족이 하나님의 통치 아래에 있음을 상징합니다. 그리고 선지자 사명을 계승하는 엘리사에게 기름 부으라는 것은 하나님의 말씀이 계속 선포될 것이라는 뜻입니다. 엘리야는 자기 혼자만 남았다고 생각했지만 그가 죽더라도, 하나님은 7,000명을 남겨두었다는 것을 알려주십니다.왕상 19:18 "내가 네게 계승자를 줄 것이다. 그러니 내가 너의 집 곧 천국으로 너를 데려올 때까지 그를 훈련해라!"라고 하십니다. "나의 구속 역사는 앞으로도 계속될 것이다"라는 뜻입니다.

"네가 사명을 마칠 때까지 네 생명은 계속될 것이고, 네 민족 이스라엘도 계속될 것이고, 나의 목적은 계속될 것이니, 이를 위한 너의 목표도 계속될 것이다. 너의 제자이며 계승자인 엘리사에 대한 훈련을 마칠 때까지 네게 있는 사명이 계속될 것이다. 그리고 너 이후에도 나의 구속 역사는 계속될 것이다. 그러므로 당연히 다음 세대를 위해 정치적인 리더와 영적인 리더도 교체하면서 역사를 계속 진행할 것이다. 이처럼 너의 다음 세대는 계속될 것이다"라는 뜻입니다. 엘리야 이후에도 하나님의 이름은 모든 민족과 나라들 가운데 계속 위대할 것입니다.

엘리야는 생각할 때 하나님께서 마침표를 찍으실 줄 알았습니다. 그러나 하나님은 말씀하십니다. “아니다. 나는 쉼표를 찍을 것이다. 아직 마침표를 찍을 때가 아니다. 마침표는 내가 나중에 찍을 것이다. 너는 일개 쉼표에 불과하다. 그러니 엘리야야 멈추지 마라. 포기하지 마라. 길을 계속 가라. 나는 아직 너를 사용하길 원한다. 내가 너를 사용할 것이다. 네게 맡겨진 사명에 계속 충성하라.”

지금 이 시간도 하나님은 여러분 한 사람, 한 사람을 향해 말씀하십니다. “아무개야 내가 너를 사용할 것이다. 포기하지 마라. 계속해라. 계속 충성하라! 때가 이르면 내 일은 내가 직접 끝낼 것이다.”

맺으며

만약 우리를 말에 비유한다면, 일부는 게으른 말과 같습니다. 이런 사람들에게는 계속 달리기 위해 일종의 채찍과 불이 필요합니다. 그리고 아주 많은 사람이 피곤한 말과 같습니다. 우리 교회 대부분의 성도가 그런 것 같습니다. 하나님은 이들에게 세미한 음성으로 말씀하시며 힘을 주실 것입니다. "좀 쉬어라. 잠을 자라. 음식을 먹어라." 그러고 나서, "일어나라. 계속 가거라. 그동안 많은 일을 했구나. 내가 힘을 주마." 주님의 음성으로 도우실 것입니다. "일어나 계속 충성하거라.

절대 포기하지 말라."

우리의 인생은 그리 길지 않습니다. 게다가 사는 동안 오르락내리락, 좋았다가 나빴다가 할 것입니다. 우울하고 외롭고 자기 연민에 빠지고 낙심할 때가 있을 것입니다. 그러나 일어나십시오. 항상 주님의 산으로 가십시오. 주님이 공급하십니다. 주님이 주시는 힘을 얻으십시오. 그의 음성에 귀 기울여 그의 위로를 받으시고 그의 말씀에 순종하십시오.

우리는 삶 속에서 하나님의 뜻을 따라야 한다고 말하면서도, 마음속에서는 나의 계획이 최고Top입니다. 그러나 우리의 영적 실상은 **하나님의 계획이 최고**Top입니다. 우리의 인생은 험하고 복잡하지만, 하나님은 결국 종착지로 우리를 이끄십니다. 하나님 안에서 우리의 인생은 직선과 같다고 많은 분이 생각할지 모릅니다. 그러나 하나님은 아니라고 말씀하십니다. 우리를 위한 하나님의 계획은 길고 구부러진 길입니다. 오르락내리락, 넓었다 좁았다, 고난과 어려움이 계속될 것입니다. 그래도 우리는 그곳에 도달할 것입니다. 계속 가십시오.

저는 시에라리온에서 에볼라 바이러스에 감염된 영국의 남자 간호사 이야기를 읽은 적이 있습니다. 그의 이름은 '윌리엄 풀리'입니다.

자신의 에볼라 바이러스 병을 치료하기 위해 영국에 왔다가 건강을 찾은 뒤 바로, 에볼라 환자들을 돌보기 위해 돌아갔습니다. 죽어가는 사람들, 도움이 필요한 사람들의 어려움과 필요를 보았을 때 시에라리온으로 돌아가는 것은 그에게 쉬운 선택이었습니다.

저는 기사를 읽으면서 많은 감동을 받았습니다. 이 간호사의 희생정신에서 우리는 배워야 합니다. 우리는 언젠가 반드시 죽습니다. 우리는 몸을 불사르듯이 살다가 죽는 법을 배워야 합니다. 헌신하고 희생하는 법을 배워야 합니다. 이 간호사는 자원하여 죽으신 그분을 생각나게 했습니다. 그는 아버지의 뜻을 위해 죽으셨습니다. 그는 백성들의 필요를 생각했습니다. 그는 자기의 백성들 없이 사는 것보다 죽는 것이 낫다고 하신 것과 같습니다. 우리가 다른 사람들을 위해 죽으려고 살 때 바로 예수님처럼 살 수 있습니다. 이런 결정이 여러분에게 쉬운 결정이 되길 기도합니다.

영원의 관점에서 우리의 인생을 보면 잠깐 있다 없어지는 안개와 같이 너무도 짧지만, 매일 치열한 삶을 사는 우리의 인생 여행길은 깁니다. 길고 굴곡집니다. 그리고 초행길입니다. 게다가 크리스천의 길은 좁은 길입니다. 많은 사람이 가지 않는 길입니다. 그러나 걱정하지 마십시오. 우리의 모든 문제를 극복하게 하시는 위대하신 구세주께서 동행하시고 그가 우리의 삶 속에서 일하십니다. 계속 주님을 바라보시고 그의 뒤를 따르십시오. 자신에게 'No'라고 말하시고, 예수님께 'Yes' 라고 답하십시오. 그러면 'Wow' 놀라운 하나님의 은혜를 체험할 것입니다. "No, Yes, Wow!" 날마다 자기를 부인하고, 자기 십자가를 지고, 예수 그리스도를 따르십시오. 계속 길을 가십시오.

기도하겠습니다.